하늘·땅·사람

수문자연시선 ⑦

하늘 · 땅 · 사람

박희진 시집

秀文出版社

자서

　나의 암중모색이나 다름없던 정체성 탐구의 줄기찬 노력은 필연적으로 겨레의 정체성 탐구로 이어지고, 그 결과 내가 찾아낸 것이 이른바 풍류도(風流道)다. 지난 10년 동안 이 풍류도는 내 뇌리를 떠나본 적이 없는 화두(話頭)로 군림했다. 아시다시피 풍류도에 관한 문헌의 축적은 전무한 형편이다. 하지만 그것이 우리 겨레의 사상사 내지 문화사의 저변을 관류해온 겨레 특유의 발상과 사유의 근간임을 나는 믿어 의심치 않는다.

　나는 나의 시인적 직관적 통찰 또는 상상력에만 의지할 게 아니라 풍류도를 체감하기 위해서는 직접 이 나라 방방곡곡을 누비고 다녀볼 일이라 생각했다. 천·지·인 삼재(三才)의 균형과 조화, 쉽게 말하자면 자연(=천+지)과 문명(=인간+문명·문화)의 균형과 조화가 풍류도일진대, 이러한 사상은 바로 이 나라 이 강산이라는 자연 풍토의 소산임에 틀림없다. 우선 이 나라가 왜 자고로 금수강산인지 그 소이연을 체험해 보자.

　한국의 자연 탐구, 산수미(山水美)의 진수를 접하는 일은 곧 한국인 일반의 보편적 심성 — 현세 긍정적 낙천적 포용성과 장생(長生)에의 희구, 신선사상 등을 깨닫게 하였으며, 도처에 널려있는 명산의 품에 어김없이 안겨있는 고찰(古刹)을 비롯해서 각종 문화재와 유적지 등은 비록 많이 산실된 채로나마 전통문화의 현주소를 확인케 하고 있다.

특히 명산(=자연의 진수)과 고찰(=당대문명의 정화)이 자아내는 균형과 조화의 절묘를 살펴볼 때, 과연 풍류도는 엄연히 아름답게 존재하는구나. 여전히 지금 여기 우리의 안팎에서 생생히 살아 숨쉬고 있구나! 하고 탄성을 발하게 된다.

졸시집 「北漢山 진달래」(1990)를 비롯해서 「몰운대의 소나무」「문화재, 아아 우리문화재!」「百寺百景」「花郞靈歌」「東江十二景」등은 다 그러한 사정에서 이룩된 일련의 시집들인 것이다. 이번에 나온 「하늘·땅·사람」또한 예외가 아니다. 같은 맥락의 소산으로서 나로선 다시 한번 동심원(同心圓)을 좀 크게 그려 보인 것이리라.

나의 풍류도 탐구는 오히려 이제부터이겠지만, 이 소략한 너무도 소략한 자서는 이쯤에서 펜을 놔야겠다.

아름다운 표지화를 기꺼이 그려주신 오수환 화백과 정성껏 친절한 해설을 써주신 이승하 시인께 진심으로 사의를 표한다.

2000년 늦가을에 好日堂에서

水然　朴喜璡

차례

홍매화 청매화

왜 소나무 문화인가

하회 마을에서

오월 어느 날

— * 다음 쪽에서 연이 바뀜 표시

〈해설〉

북 한 산

북한산(北漢山)

인수봉에서 만장봉까지 단숨에 날아가는 白虎를 보다。

◇

해 지면 북한산은 이내 짙은 수묵색 된다。

◇

오늘은 종일 북한산 전체가 엷은 보랏빛 면사포를 쓰고 있다。

◇

밤이면 빛나는 북한산 가슴의 卍字를 보았는가。

◇

오늘 제일 기쁜 일은 북한산에서 한 마리 노오란 족제비 본 것。

◇

오늘 북한산은 종일 살아서 숨쉬는 수묵화。

◇

오늘 북한산은 티 하나 없는 것이 너무도 아름다워 눈물이 솟네。

◇

미상불 백운대는 흰 구름 목도리를 두르고 있구나。

◇

북한산과 나는 둘이 아니다。북한산이 신나면 나도 신난다。

◇

요즘엔 연일 북한산 숲속에서 나는 연초록 극락을 누리노라。

◇

사람들이여, 북한산 도토리는 북한산 다람쥐의 몫으로 돌려주세。

◇

북한산에서 해도 뜨고 달도 뜨고, 북한산으로 해도 지고 달도 지고。

◇

아침 일곱 시 북한산 만경대가 채반만한 흰 달을 삼키는 걸 보았다。

◇

마음의 문이 닫힌 사람에겐, 눈앞에 두고도, 북한산이 안 보인다。

◇

삼각산은 여전히 皆骨로 서 있구나, 이몸은 혹서로 흐물흐물 녹았건만。

◇

어제 저녁 북한산은 온통 노을을 뒤집어쓰더니 오늘은 靑天白日。

◇

백운대엔 흰 구름 자운봉엔 자색 구름 경치 좋구나。

◇

봄의 북한산은 진달래 사태, 진달래 바다, 홍옥의 화엄 바다。

◇

한 달 장마 개인 여름 아침 북한산은 차라리 神의 얼굴。

◇

북한산은 한 번도 大華嚴삼매에서 벗어난 적이 없다。

◇

13

인수봉에 뿌리내린 소나무들은 다 신선들。도통한 지 오래다。

◇

북한산 능선상의 동장대 모습, 멀리서 보면 가물玄字 모양일세。

◇

북한산의 무릉도원, 오늘은 종일 거기서 보냈더니 십년은 젊어지다。

◇

북한산은 위대한 자력을 지니다。이 내 티끌마음 볼수록 이끌리네。

◇

자신을 깡그리 지우고 싶을 때 북한산은 온몸에 안개를 두른다。

◇

가을 북한산은 그 수심 모를 만산홍록 바다, 풍요의 바다。

◇

'北漢山 好日堂 水然居士 合掌' 했더니 그것도 일행시로세。

◇

홀랑 벗은 알몸인데 찬 백설 옷이 싫지 않은 북한산。

◇

겨울 북한산을 종일 보아야, 한 달 독감에서 말끔히 벗어나리。

북한산의 무릉도원

어느 그윽한 북한산 골짜기
한 그루밖엔 없는 복사나무 있다기에
그분의 안내로
분명 가 봤건만,
못 찾겠데 못 찾겠데
두 번이나 나 홀로 찾았을 때엔.
세 번째 탐색 끝에
겨우 찾은 복사나무.
그 뒤 긴 일년을 감내한 보람으로
오늘 만개한 복사나무 보게 되네.

아아 찬란해라.
그것은 복사나무 한 그루이면서도
백 그루, 천 그루다.
가지마다 주저리 피어있는 꽃송이들
만으로 헤아리랴, 억으로 헤아리랴.
한 송이 꽃이 그대로 극락이다.
복스럽고 사랑스런 청정한 극락이다.
분홍빛 극락과
진홍빛 극락이 엇갈려 있어
더욱 오묘한 운치를 자아낸다.   *

15

나는 황홀히 도취하다 못해
복사나무 아래 풀밭에 눕고 만다.
절로 사르르
무의식의 심저에로 함몰하고 만다.
억겁의 윤회 통해
나를 사랑해온 또는 내가 사랑해온
모든 순결한 여자들과 남자들의
더없이 부드러운 영혼의 사랑김이
한꺼번에 몰려와서
나를 겹겹이 에워싼 모양.

문득 서느러운 미풍의 혓바닥이
이몸을 스치기에 눈을 떠봤더니
어느덧 이몸은 공중에 떠 있구나.
꿀벌이 되어 가볍게 둥실둥실
이 꽃에서 저 꽃에로 옮기는 재미.
꽃가루 묻혀가며 깊이깊이 화심에로
빨려들어가는 환희를 누리다가
살뜰히 벗어나는 이별도 즐거움.
만남과 헤어짐이 다 한결같은
무심으로 꿰뚫리매 둘이 아니어라.

16

다시 북한산의 무릉도원

고마워라 고마워라
북한산의 무릉도원
그곳은 아직도 비경에 속하기에

실은 겨우
복사나무 한 그루 뿐이지만
올해도 어김없이 활짝 피었구나

길게 다리 뻗은 바위는 좋겠네
그 위로 복사꽃 주저리 달린
가지들 멋지게 휘늘어져서

붕붕 들떠있는 벌들은 정신 없네
유난히 섹시한 복사꽃 이 품 저 품
멋대로 옮겨 다닐 수 있어

복사나무 아래 풀밭은 좋겠네
오늘은 우이동 두 노시인이
용케 찾아와서 시흥에 잠겼으니
백세주 나누면서   *

복사나무 옆을 소리도 내지 않고
쉬엄쉬엄 흐르는 계곡물도 좋겠네
이제 머지 않아 바람에 복사꽃잎
하르르 하르르 떨어져 올테니까

복사꽃 아름다움

복사꽃 필수록 붉으레 상기하는
그 화심엔 무슨 비밀 숨겼을까

수줍은 가시내도 무르익을수록
홍조를 띄우며 젖가슴 감추지만

감출수록 고혹적인
미는 도전을 받게 마련이지

보라 벌나비떼 어느덧 모여들어
복스럽고 사랑스런 화심에 안겨있네

올가을 중에서도 오늘은 북한산이

올가을 중에서도 오늘은 북한산이
가장 화려하게 성장한 날이로세
홍·록·황·갈색 수놓은 비단 치마
좌우로 무한 길게 펼쳐 보이면서
이웃인 도봉과 건너편 수락·불암
친구들한테도 신호를 보내누나
우리 춤추세 가을이 가기 전에
구름 한 점 없는 쪽빛 하늘이
흐리기 전에 삭풍이 불기 전에
미에도 절정의 순간은 따로 있다
바로 그 영원의 순간이 '지금'
자 춤추세 침묵의 춤을
영원을 찬미하는 시간의 춤을

하나의 바위를 두고 ……
 －코끼리 바위

호랑이 발톱이란 바위 이름 재밌네요.
호랑이 크기가 삼각산 만한가 보죠?

사형제 바위라는 이름은 어떤가요?
거암 네 개가 나란히 붙어 있으니까요。

차라리 코끼리 바위는 어때요?
멀리서 보면 영락없이 코끼리 형상인 걸요.

그것 좋겠네요 코끼리 바위,
삼각산에 코끼리, 기발해서 좋아요.

북한산의 해골바위

너는 언제 살과 피와 힘줄의 올가미를
말끔히 버렸는가
무섭게 준열(峻烈)한 해탈에의 의지
차고 견고한 해골만 남았구나
풀포기 하나
그 흔한 이끼 한 점
깃들일 여지가 너에겐 없다
억겁의 풍우상설
억겁의 일월성신의 빛살로도
너를 마모시킬 도리는 없는 모양
너의 그 거대한 위용에 압도 되어
나는 지금 절반쯤 넋이 나가 있다

새 봄의 원통사행(圓通寺行)

마른 풀 사르는 입춘도 지났고
개구리 눈뜨는 경칩도 지났다.
그러고도 꾸물꾸물
연일 흐린 날이 이어진다 하였더니
어쩌면 오늘은
하늘이 새파랗게 벗겨져 있다.
문득 유리광천(瑠璃光天)!
이런 말이 떠오르다.
이런 날 집 안에 있을 순 없지.
그래 원통사행, 그게 좋겠구나.

도봉산 남쪽 끝 봉우리의 우이암(牛耳岩)
거기까지 오르는데 두 시간 걸리지만
시간이 문제이랴. 땀방울이 문제이랴.
놓이는 걸음마다 연꽃을 밟는 듯
우화등선(羽化登仙)의 환희를 맛보는데,
콧구멍뿐 아니라 온 터럭 구멍마다
길이 열리는데, 이몸이 그대로
길이 되어버리는데, 캄캄하게
막혔던 이몸이 온통 뚫려
환한 광명천지가 되는데, 힘들 게 무엇이랴.   *

23

우이암 아래 원통사에 근접하자
아연 희한한 장관이 전개되다.
아직은 검은 나목(裸木)의 가지들
그물을 엮듯 종횡무진의 섬세한 가지들이
유리광천 푸르름에 젖다못해 바르르 떨더니
서서히 우줄우줄 춤추기 시작한다.
그러자 둘레의 온갖 바위들도
들먹들먹하더니만 서서히 날아
오르기 시작한다. 학바위, 거북바위,
호랑이바위, 코끼리바위, 매바위, 솔개바위······

지금 이몸은 원통사 법당 앞
툇돌 위에 앉아 있다. 유리광천 푸르름에
온통 내맡겼던 영혼을 다시
몸안으로 수습하고 이제 깨닫노니
이몸이 얼마만큼 무아(無我)가 되느냐
거기에 따라서 이몸은 무한대로,
즉 삼천대천세계(三千大千世界)로도 될 수 있고
또는 무한소로, 즉 땅속의 작은 벌레로도
될 수가 있음을. 보라 지금 이몸은
눈 앞에 떨고 있는 가는 홍매화 가지인지 아닌지.

24

진달래 능선

진달래 능선은
진달래 바다를 횡단하는 기나긴 백사(白蛇)。

진달래에 도취하여
봄 신선 되려거든 백사 등에 올라타라。

자세히 보면 진달래 바다는
백천만억의 반투명 홍옥 바다。

어느덧 옷 벗고 알몸이 된 나는
진달래 꽃빛 알몸이 된 나는

풍덩실 바다로, 진달래 바다로
여러번 익사를 시도해보지만,

번번이 실패한다。 떠올라 온다。
홍옥의 바다, 화엄의 바다 위로。

북한산의 뒷모습

아침이면 제일 먼저
금은(金銀)의 햇살 받고
여전히 우렁찬 쇳소리 들려주는
삼형제 바위산
백운대 인수봉 만경대 보라
북한산의 잘생긴 대표적 얼굴들

셋이 저마다 생김새는 다르지만
머리끝에서 배꼽까진 홀랑 벗다
수목의 옷을 두른
그 아래 하체는
길게 사방으로 펼쳐져 있어
그 비밀을 알 길이 없다

위풍당당하게 노출된 상반신들
우람하고 견고한
백색 화강암
의 살갗은 아름답다
억만년 풍우상설에 씻겨서리
티끌 하나 없음이여

◇

이상은 바로 북한산 정면이다
일천만 인구가 바글바글 끓고 있는
서울의 진산
상반골(上半骨) 하반육(下半肉)의 북한산 앞모습

◇

하지만 어느 매서운 겨울 날
구파발 쪽에서
북한산 뒷모습을 관망하였을 때
나는 그만 경악하고 말았나니
상상도 못했던 광경을 만났기에

머리끝에서 발끝까지
인수봉은 하나로 이어진 바위
하늘로 솟구치는
등룡(登龍) 직전의 거대한 잉어

머리끝에서 발끝가지
백운대는 하나로 이어진 바위
하늘에서 무시로 (나이야가라 저리 가라!)
소리없이 쏟아지는 엄청남 수량(水量)의

거창한 벼랑 폭포

머리끝에서 발끝까지
만경대는 하나로 이어진 바위
다만 옆으로 길게 기기묘묘
만물상(萬物相) 펼치기에
장대한 바위 병풍

어디 그뿐이랴
염초봉도
노적봉도
원효봉도
의상봉도……

여기저기 불쑥불쑥
하늘을 무찌르듯 솟구치고 있어
머리끝에서 발끝까지
온통 개골(皆骨)임을 과시하고 있어

바위 잉어
바위 폭포

바위 병풍
바위 용
바위 거북
바위 기둥……

일견 그것들은
어지럽고 무질서한 느낌을 주나
기실 그런대로
균형과 조화를 얻고 있어
그 전체가 무서운 힘을 뿜고 있었나니
천하 기관을 이루고 있었나니

지금까지 화가는
왜 그런 장관을 그리지 않았는지
지금까지 사진가는
왜 그런 절경을 찍지 않았는지
지금까지 시인은
왜 그런 북한산 뒷모습에는 관심이 없었는지

새해에 떠오르는 북한산 이미지

북한산에겐 새해도 묵은 해도 없습니다.
북한산에겐 미국도 러시아도 없습니다.
북한산에겐 일본도 중국도 없습니다.
북한산에겐 오공(五共)의 구데타도
　　　　　육공(六共)의 치욕도 없습니다.
북한산에겐 권력형 축재로
　　　　　쇠고랑 채워진 전직 대통령도
　　　　　비자금 소동도 모르는 일입니다.
북한산에겐 바글바글 끓고 있는
　　　　　일천만 대 서울 시민들 아우성이
　　　　　들리지 않습니다.
북한산에겐 성수대교가 끊어진 것도
　　　　　삼풍백화점이 붕괴된 것도,
　　　　　하여 삽시간에 수백명 인명이
　　　　　날아간 것도 모르는 일입니다.
북한산에겐 성급함도 나태함도 없습니다.
　　　　　빛좋은 개살구,
　　　　　초과달성이니 공기단축 따위
　　　　　그런 군사문화식 날치기 사고와는
　　　　　거리가 멉니다.

또는 어영부영 넘기면 된다는
무사안일과도 상관이 없습니다.
북한산에겐 변덕이 죽 끓듯 물 끓듯 하는
일이 없습니다.
북한산에겐 돈독이 올라
간덩이 붓거나, 탐욕을 부리다가
어리석게도 위대(胃大)해지는 일이
불가해합니다.
북한산에겐 눈 가리고 아웅하는
속임수가 없습니다.
일체의 협잡과 열등이 없습니다.
사이비라곤 하나도 없습니다.
북한산에겐 용렬한 인간사(人間事)의 엎치락 뒤치락이
그저 물거품 소란인 것입니다.

북한산에겐 툭 트인 무상대도(無上大道)가 있습니다.
북한산에겐 홍련(紅蓮)의 뜨는 해, 지는 해가 있습니다.
북한산에겐 백련(白蓮)의 뜨는 달, 지는 달이 있습니다.
북한산에겐 청보석 홍보석의 별들이 있습니다.
필요할진대
은하수에서 비비람도 데려오고,

31

먹구름에서 천둥번개 치게
기공법(氣功法)도 씁니다.
청룡도 백호도 주작도 현무도
마음대로 부립니다.
북한산에겐 그런 신화적 초능력이 있습니다.
다만 그걸 내색은 안 하지요.
북한산에겐 인수(仁壽)의 덕과
백운(白雲)의 예지와
만경(萬景)의 다양성이 있습니다.
북한산에겐 시시각각으로 변하는 산색(山色) 속에
변하지 않는
일관된 본색(本色)이 있음을 봅니다.
봄의 연분홍, 여름의 진초록,
가을의 홍록에다 겨울의 설백.
그것들이 하나로 꿰뚫릴 때의
빛깔을 아십니까.
북한산에겐 현상과 본질이 하나인 것입니다.
북한산에겐 움직임이 그대로 고요인 것입니다.
북한산에겐 찰나가 그대로 영겁인 것입니다.
북한산에겐 무위자연(無爲自然)의 진면목이 있습니다.

상락아정(常樂我淨)의 경지를 알려거든
북한산을 보십시오.
화엄삼매(華嚴三昧)의 경지에 들려거든
북한산을 본뜨시기 바랍니다.
북한산에겐 불보살 아닌 것이 하나도 없습니다.
나무도 바위도 꽃도 풀잎도
보살인 것입니다.
까치와 다람쥐는
나는 보살, 기는 보살.
북한산에겐 사람도 진짜 참사람이면
보살인 것입니다.
몸에서 더덕 냄새가 나고
마음이 허공처럼 비어있는 사람이면
보살인 것입니다.

북한산에겐 말이 없습니다.
하지만 그가 내는
소리를 들어보신 일이 있습니까.
북한산에겐 고금(古今)도 없거니와
원근(遠近)이 없습니다.
북한산에겐 사해(四海)가 동포이고

세계가 일화(一花)지만,
그중 가까운 벗들을 들자면
백두산과 지리산과 금강산과 묘향산.
그리고 태백산과 설악산과 한라산.
그들과 북한산은
늘 끊임없이 신호를 주고 받죠.
광속보다 더 신속(神速)한 신호.
그 신호란 게 다름아닌 소립니다.
들릴듯 말듯한 영묘한 소리지요.
그러면서도 때로는 천둥같은
크나큰 소리.
온 우주를 진동케 하는 소리.
단군성조이래 면면히 이어온
불멸의 소리。 태극의 소리.
쩡 쩡 울리는 금강의 소리.
대긍정과 찬미의 소리.
그 소리 들으려면
제3의 귀가 있어야 합니다만,
참사람에겐 그 소리가 들립니다.
마음 닦은 사람에겐 그 소리가 들립니다.

도봉산이 우리의 어머니라면 북한산은 아버지

도봉산이 우리의 어머니라면
북한산은 아버지.
어머니와 아버지 사이를 가르려고,
저 비정의 불도저 쇠이빨로
부부의 연결 고리를 끊고,
그 자리에 대로를
내려는 자 누구인가?
피 흐르는 상처에는
치료제를 가장하여
검은 아스팔트 고약을 바르고,
뭇 차량들
그 위를 질주하게,
숨 막히는 매연을 뿜으면서
무지막지 질주하게
하려는 자 누구인가?

알고 보면
그들도 우리의 형제가 아닌가?

문명의 이름으로
개발의 이름으로

자연을 파괴하는
만행은 이제 그만해 주었으면.

철없는 형제들아,
당신들의 고막엔
철판이라도 깔았단 말인가?
당신들의 가슴 속엔
따뜻한 심장도 없단 말인가?
왜 이런 아우성이 들리지 않는가?

강물이 썩어간다.
산이 피 흘린다.
바다가 죽어간다.
흙이 질식한다.
대기가 앓고 있다.
생태계가 파괴되어
동식물이 쇠멸의 위기를 맞고 있다.

이런 종말적인
사태의 주범이 인간이면서도
인간만은 기어이 살아남아

길이 번영을 누리게 되리라는
착각과 치몽에 빠져 있음이여.

이제 우리는 각성해야 된다.
자연오염은 인간오염이요
자연파괴는 인간파괴임을.

우리의 아버지
북한산을 들쑤시고
우리의 어머니
도봉산을 훼손하면
우리는 어떻게 되리라 생각는가?
그것은 제 손으로
제 목을 조르는 것이나 같다.
또는 뿌리 뽑힌 비참한 나무처럼
시들시들 말라서
죽고야 말 것이다.

정말이지, 이대로 나간다면
이내 우리에겐
한 줌의 맑은 공기,

한 잔의 맑은 물도
주어지지 않으리라。

생각해보라
생각해보라
오늘날 곧잘 세계의 식자들은
하나밖에 없는 지구를 살리자며
지구를 많이 걱정해주고
있는 게 사실이나,
인류 없이도 지구는 여전히
존속할 것임을。
차라리 지구는 인류의 멸망이
하루빨리 다가오길
고대하고 있는지도 알 수 없다는 걸。

십장생송가

십장생송가(十長生頌歌)

한 발 가면 산이 섰고
두 발 가면 물이 쏼쏼
그리고 중천엔 햇님이 둥실
활짝 핀 홍련(紅蓮) 같은
혹은 허공에 매달린 북 같은
두드리면 소리 날 듯
한껏 팽팽한 햇님이 둥실

한 발 가면 푸른 바위
두 발 가면 소나무들
용의 비늘 닮은
붉은 껍질에도 이끼 낀 소나무들
운치있게 이리저리 뻗어나간
가지엔 학들이
꿈처럼 앉아 있네
어떤 학들은 길게 목을 빼고
햇님 향해 날아가고
어떤 학들은
흰 구름 헤치면서
소나무 찾아 땅 위로 날아오고   *

한 발 가면 불로초요
두 발 가면 사슴의 떼
나무 중의 으뜸가는 영물(靈物)은 솔일진대
날짐승 중의 영물은 학일진대
들짐승 중의 영물은 사슴이지
암 얼룩사슴 꽃사슴이지
보라 저 신묘한 상형문자(象形文字)
사슴의 관(冠)을
불로초 먹고 감로수로 목 축이는
사슴의 고귀함을 증거하는 것을

한 발 가면 대나무요
두 발 가면 천도(天桃)나무
죽죽 뻗은 대나무의
사운대는 댓잎들이
심심해 푸른 대바람 소릴 내면
만파식적(萬波息笛) 소릴 내면
질세라 소나무는
우줄우줄 춤추면서 거문고 소릴 내고
질세라 천도나문
가지가 휘어지게

무르익은 천도들을
주저리주저리 열리게 하네

한 발 가면 바다요
두 발 가면 거북들
출렁이는 파도 타며
거북들은 내뿜는다
즈믄 해의 푸른 숨결
무지개처럼 분수처럼
중천의 햇님에로

한 발 가면 폭포요
두 발 가도 폭포라
하늘과 땅을
하나로 이어놓는 백옥(白玉)의 다리로세
하늘의 영액(靈液)이 땅 위에 감로수로
쏟아져 고이고 흐르고 흘러
다시 하늘로 되돌아 가는 동안
물은 삼라만상의 목숨을 이어주네
풍요롭고 싱싱하게
생기를 북돋네

대숲으로 갑시다

1
죽죽 뻗은 대나무의 비결을 아시나요?
늘 그 속은 비어 있다는 것.
오욕 칠정으로 가득 찬 인간이
잘못 대숲에 들어갔다간
뻥튀김처럼 숲 밖으로 던져져서
납작해진답니다.

2
마음을 비운 이가 대숲에 들어가면
절로 어느덧 신선이 되지요.

우선 폭신폭신
수북히 쌓인 댓잎 자리 위에
좌정해 보십시오.
몸이 한없이 가벼워집니다.
대바람 불 때마다
대숲의 푸르름은
꿈처럼 은싸락 금싸락을 날립니다.
이윽고 당신은
자신의 귀를 의심하게 되죠.

여태껏 들어본 일이 없는
영묘(靈妙)한 가락에……
실은 그것이 절반쯤 투명해진
자신의 온몸이 내는 소리임을
당신은 아득히 모르고 있을 따름.
그 가락의 이름은 유현(幽玄).

　3
왜 대나무가
십장생(十長生)의 하나인지 이제는 아시겠죠?

　4
대숲으로 갑시다.
대숲으로 갑시다.

댓잎의 푸르름과
대나무의 올곧음을
대바람의 청아함과
대숲의 유현함을

보고 듣고 배우고 터득하러 갑시다.

44

하지만 오합지졸 작당은 피하고
이왕이면 혼자 가서
우선 조용히 앉는 법을 배웁시다.

위무위(爲無爲)
사무사(事無事)
미무미(味無味)하는 명상법을 익힙시다.

호랑가시나무 군락과 김구원(金丘苑)

내소사(來蘇寺) 보고 귀로에 들어서니
한결 마음 가벼워지다.
왼쪽에는 은빛 서해가 펼쳐지고
오른쪽에는 완만한 산기슭
그 사이 차도를 서서히 달리는데
일행중 누군가가 큰 소리 친다.
<호랑가시나무 군락>이 여기라구.

바다가 굽어뵈는 완만한 산기슭
이백여 그루의 호랑가시나무들이
군락을 이루다. 가지가 많고
잎들이 무성해서 온통 진초록
덩어리인데, 수시로 바닷바람
쏘여서일까, 잎들이 두텁고 단단한 느낌.

게다가 반짝반짝 윤이 흐른다.
얼핏 보아서는 타원에 가까우나
가장자리에 각점(角點)이 다섯 개
그 끝엔 날카로운 가시바늘 돋아 있다.
호랑이가 등이 가려울 때엔
이 나뭇잎에 등을 문질러 긁는단다.

그래서 생긴 이름 호랑가시나무.

일행은 다시 차를 몰아서
김구원에 당도하다. 이 나라 사설
조각공원으로서는 효시로 꼽히는 곳.
그 중앙에 3미터는 실히 넘는
호랑가시나무 있는 줄은 몰랐다.
와아, 이곳에 원조가 있었구면.
호랑가시나무도 당당한 나무로군.

그밖에 측백나무, 소나무, 동백 등
상록수 어우러진 이곳 저곳 잔디 위엔
화강암의 청춘남녀 조각상이 놓여 있다.
모두 알몸이나 제각기 다른 자세.
어떤 엎드린 나부의 젖꼭지엔
손때가 반질반질, 어떤 청년의
잘생긴 남근 또한 예외가 아니다.

어떤 소녀는 크나큰 연꽃봉오리속에서
겨우 얼굴만 내놓고 있다.
자연과 인공이 잘도 어우러져

이곳은 드문 휴식공간이로구나.

하기사 나무는 조물주의 작품이니

천인묘합(天人妙合)의 조각공원이라 할 수도 있겠구나.

주왕산

주왕산(周王山)은 아름답다.
한 눈에 반할 만한 명산인 것이다.
기대했던 것만큼 크지는 않지만,
명산의 조건을
두루 충분히 갖추고 있기에.

대전사(大典寺) 굽어보는
기암(旗岩)은 주왕산의 관문이자 심볼일세.
왜 기암이라 부르느냐구요?
천년전 중국에서 멀리 이곳까지
쫓겨온 주왕(자칭 後周天王)이
다시 고려 장군 마일성(馬一聲)의 공격 받자
궁지에 몰린 그는
이 바위에 이엉을 둘러
노적가리인 양 보이게 했다지만,
마 장군이 점령하여
대장기(大將旗)를 세웠다는 전설이 그 유래.

주왕의 아들 대전(大典)의 이름 따서
대전사 세웠고
주왕의 딸인 백련(白蓮)의 이름 따서

백련암 지었으며
주왕이 비극적 최후를 마친
은거처라 하여 주왕굴이라니,
주왕산은 온통 주왕네 일색인가?

마 장군 화살 맞고
쓰러진 주왕의 선혈은 흘러흘러
주방천(周房川) 계곡물을 붉게 물들였고
이래 해다마 늦봄이면
옥류 흐르는 주방천 가에
핏빛 수달래 꽃불이 붙는다네.
수달래는 다름아닌 주왕의 넋이라고
사람들은 믿는다네.

하지만 저 신라시대부터
이곳을 수놓은 기라성의 이름들을
상기해 볼 일이다.
최치원, 보조국사, 도선국사, 나옹화상,
무학대사, 김정국, 서거정, 김종직
사명당 등을.   *

이곳이 희유의
걸출한 명산 아니었던들
어찌 그들이
한때나마 이곳과 인연을 맺었으랴.

한 발 가면 기암괴봉
두 발 가면 철철 폭포……

활짝 핀 연꽃 같은
연화봉(蓮花峰) 더불어 만화봉(滿花峰) 보아라.
왜 느닷없이 연꽃 향기가
하늘 땅 가득히
진동하는가를 알만하구나야.

그런가 하면
깎아세운 듯 치솟은 암벽 위에
무자위 차려놓고, 그 옛날 군사들이
계곡물 길어올렸다고 하여
급수대(汲水臺)라니?!
요즘 사람들은 상상도 못할 일.   *

여기 저기 돌병풍을 세워 놓은 듯
높고 낮은, 가파른 암벽들이
넓게 펼쳐져 있는 것은 어떻고?
더구나 아침 햇살
이곳을 비칠 때면
그 돌병풍은 금은(金銀)의 소릴 내며
황금병풍으로 탈바꿈한다.

학소대(鶴巢臺)에 이르니
선경(仙境)이 완연하이.
운치있는 노송림을
머리에 가득 이고 있음이여.
옛날엔 청학 백학
떼지어 날아들어 집 짓고 살았기에
학소대란다.
이 암봉 밑엔
도승이 혼자 암자 짓고 살았는데
꿈에 한 신선이 나타나서
빨리 피신하라, 피신하라 하더란다.
서둘러 나와보니, 아니나다를까,
그 순간 거암(巨巖)이 굴러 떨어져서

암자는 산산조각이 났다나.
옛 암자 터에
지금은 덩굴과 이끼만 무성하다.

학소대 맞은편에
기기묘묘한 시루봉 있는데
그 꼭대기엔
바위에 뿌리 내린 향나무가 살아있다.
전설에 의하면
거기도 그 옛날 도사의 공부 자리。
한 겨울이면
그가 얼어죽을까봐
밑에서 신선이 불을 때 주었단다.
그래서 생긴 이름
시루봉, 시루봉。

그러고 보니
자고로 이땅엔 신선과 도승과
학자와 도사들이
하늘의 별보다도 많이 있어왔다.
강산이 이렇듯

더없이 수려하고 오묘한 까닭이리.

드디어 저만치
제1폭포 보이누나.
절벽과 기암 사이
폭포는 백옥(白玉)으로 부서져 내리면서
깊은 소 이룬다.
바위 틈을 파고들어
흐르는 물이 어찌 그리 맑은지
그 속에 몸을 담그었다간
순식간에 투명하게 용해되고 말 것 같다.

제2폭포는
더욱 그윽하고 신비스런 자태이다.
폭포가 둘인데
상단 폭포 아래
둥글게 패인 검푸른 소에선
용이 아홉 마리 솟구쳐 나왔기에
구룡소라 불리우고,
하단 폭포 아래
청옥(靑玉)빛 소는 선녀탕이란다.

달밤이면 하늘에서 선녀들이 내려와
목욕했던 곳이라서.

상상해 보시게나.
밤이 깊을수록 교교한 달빛이
하늘과 땅 사이에 꿈가루 뿌리면
물 표면은 어느덧 은빛으로 바뀌어서
선녀들을 유혹함을.
그녀들은 하늘하늘 지상에 내려와서
천의(天衣) 훌훌 벗고
물 속으로 투신함을.
맑은 물 속을 은어떼처럼
날렵하게 누비다가
물방울 튀기며 알몸이 떠오를 때
연꽃처럼 떠오를 때,
누가 그곳을 지상이라 하겠는가.

제3 폭포 또한
폭포가 둘이구나.
상단 폭포가 이룩한 소엔
반원형 암굴이 둘이나 패여 있어

신비감을 더해 주네.
하단 폭포는 두 줄기로 갈라져서
흐르고 있지만
수량이 많을 때엔
필시 하나로 합쳐진 물줄기가
하얗게 부서지며 굉음을 낼 것이리.

원풍경 (原風景)

보는 위치와 거리에 따라서
풍경은 그 모양을 달리 한다.
너무 멀거나 가까우면 사라지고,
보는 이의 마음이 잡념으로 차 있으면
아예 처음부터 안 보이게 마련이다.

양평 대명 콘도
702 호실의 창가에 서 보아라.
그대는 최선의 풍경에 접하리라.

굽어보면 부드러운
녹색 잔디 깔렸는데
여기 저기 순백의 무지개 뿜고 있는
분수가 있다.

오른편에는
왼편의 가까운 평범한 야산과
대각선 그리며
낙타등 모양의
환상적인 주봉이 있다.
그 뒤론 아슬히

빛깔을 달리 하며
첩첩 산들의 능선이 보이고.

왼편의 가까운 평범한 야산 아랜
맑고 푸른 냇물이 흐르는데,
수심이 얕은 곳엔
백로가 한 마리 긴 다리로
조심조심 거닐면서
물속 먹거리를 노리고 있구나.
산 그림자 짙게 드리워진 곳,
수심이 깊은 곳엔
짙푸른 요기마저 떠돌고 있어
아무도 감히 근접을 못한다.
다만 느닷없이
흰 물새 서너 마리
수면에 닿아 물이 들 듯 하다가도
하늘을 가르며 날고 있음이여.
실로 무애로운 자유의 화신,
흰 물새 서너 마리
어디서 날아와서
홀연 어디로 꺼지고 마는지⋯⋯   *

하늘은 푸르고 뭉게구름 눈부시다.
간간이 4차원의 바람이 불어온다.
이만치 백사장엔
솔밭이 있는데
까치도 몇 마리 날아와 우짖누나.
까치는 사람과 친근한 새지만,
어쩐지 지금은
예사롭지 않은 신화적 분위기를
돋구는 데에 한 몫을 하고 있다.

그런데 좀 이상한 느낌이다.
이러한 풍경을 나는 지금까지
수없이 보아왔을 것으로 여겨지나
실은 처음 보는 풍경인 듯도 하다.
풍경의 고전이라고 할까,
나는 지금 원풍경을
보고 있는 것이리라.
그때 불현듯 소리가 들려온다.
동행인 젊은 청년의 목소리,
「선생님, 뭔 일이세요?
아까부터 계속 한 자리에서

너무도 오랫동안 꼼짝도 안 하시니……」
나는 아무 대답도 할 수가 없다。

인왕산 선(禪)바위

오늘 처음 인왕산 선바위 보았네.
장삼에 가사 걸친
스님 모습 같다하여 선바위란다.
아무리 걸출한 조각가의 솜씨라도
이런 자연의 걸작 앞에서는 무색해지리.
그만큼 우람하고 기이하고 신비롭다.
무조건 그 앞에서 무릎을 꿇고
나도 큰 절을 드리고 싶어지네.
선바위 위엔 무수한 비둘기떼
먹이도 없는데 몰려와 쉬고 있다.
참선을 하는지 꼼짝도 않고 있다.
그런데 어쩌면 눈을 씻고 보아도
선바위에는 전혀 비둘기 똥자욱이 없구나.

환선굴(幻仙窟)

삼척시 신기면 대이리 덕항산에
환선굴 있다.
해발 삼백팔십
그곳까지 가려면 땀을 한 사발쯤
흘려야 하나니.
환선굴은 여느 굴들과는 다르다.
천명쯤 무난히 수용할 만한 광장이 있다.
어느 후미진 곳엔
에머랄드 빛의 꿈의 궁전이 있기도 하고.
보이는 안보이는 도처에 철철
또는 솰솰 흐르는 맑은 물이 있다.
미상불 신(神)의 장(腸) 속이라 사정이 다르구면.
절로 땀 가시는 선선한 공기와
수시로 들리는 차가운 물소리에
정신이 반짝 난다.
보라, 저 폭포, 하얗게 부서지며
굉음을 내면서 위세 좋게 떨어지는
큰 폭포가 두 개나 있다.
지옥소(地獄沼)라는 곳엔
벽면에 폭포수 돌무늬 있는데
발치에 깔린 철판 밑을 굽어보니

오금이 저려오고 소름이 끼치누나.
아찔한 낭떠러지
그 아래 검은 물이 고여 있기 때문이다.
(그곳이 지옥이 아니면 어디일꼬)
그런가 하면
확 트인 대공간(大空間)
아득한 높이에서 간간이 떨어지는
물방울들이 오랜 세월 두고 이룩한 조화(造化),
물방울 받고 물방울에 씻기워서
바닥 돌에 생긴 꽃무늬 있다.
그래서 이름이 옥좌대(玉座臺)인 것이다.
금심수장(錦心繡腸) 지닌 신선이나 살 만한 곳,
환선굴에서
속인은 오래 머물 수 없다.
하지만 한번 들어갔다 나온 이는
이 환선굴이 특별한 굴이란 걸
아마도 길이 잊지 못하리라.

불암산 정상은 크나큰 돌연꽃

정상에 올라가 본 사람만 아나니,
밑에선 상상도 못했던 광경을.
가운데 바위가 부처님 자리,
이 크나큰 돌연꽃의 중심이고

사방팔방으로 펼쳐진 바위들은
연꽃잎이란 것을。 부처님 자리에
부처님은 안 보이나, 벽공에선 쉴새없이
연꽃 향기 뿜는 금싸락 내리고,

서쪽엔 실로 장엄하기 그지없는
북한산 산세, 이어서 도봉산의
들쭉날쭉 굴곡선이 수락산 거쳐

불암산 정상에로 은싸락 보내누나.
보랏빛 스민 은싸락 보내누나.
연꽃 속 안 보이는 투명한 부처님께.

전선(前線)의 달맞이꽃

하늘엔 둥근 달 땅 위엔 달맞이꽃
상견례 치르매 둘은 이제 탈혼(脫魂)의 상태
철조망인들 사이를 갈라내랴
예리한 무쇠가시 달을 찔렀건만
달은 도무지 아프지 않다
진물 한 방울 나오지 않는다
달맞이꽃의 핏기 가신 얼굴만이
바르르 바르르 떨고 있다

설송(雪松)과 까치

적막강산의 겨울 까치 한 마리
설송의 찬 가지에 앉다
눈이 좀 떨어진다
설송은 그제사
까치의 줄어든 몸무게 더불어
그 미미한 체온을 감득하며
이렇게 말하다 가라앉은 목소리로
까치야 까치야 겁 먹지 말고
긴 호흡으로 겨울을 감내하라
알아들었다는 듯 까치가 날아간다
눈이 좀 떨어진다
설송은 여전히 의연한 자세다

이호신(李鎬信) 화백의 숲을 그리는 마음전(展) 보고

玄石의 그림에선 달냄새도 나고 꽃냄새도 물씬물씬。

◇

매미나 잠자리의 투명한 날개, 그들의 고향은 천상임을 알겠네。

◇

죽은 고목 밑동의 空洞에서 갓 피어난 희고 예쁜 야생화여。

◇

붉은 노을 등지고 북으로 날아가는 철새의 날개짓, 귀향의 一片丹心。

◇

달과 달맞이꽃 둘이 아니듯 청산과 이몸은 둘이 아님。

◇

斷俗寺址月梅 볼수록 밝아지고 볼수록 진한 향기 영혼을 맑히네。

◇

밤하늘엔 스스로 불켜는 개똥벌레, 바닷속엔 스스로 빛뿜는 물고기。

◇

메뚜기 서너 마리 고개 숙인 벼이삭을 더욱 늘어뜨리누나。

◇

숲속엔 도처에 詩가 살아 숨쉰다。빛깔과 향기와 소리의 교향시。

◇

홍시 쪼아 먹는 까치가 있기에 춥지 않은 한겨울。

◇

엄동설한도 동백꽃 타는 불을 끌 수는 없나니。

◇

공중엔 鳥樂이, 수중엔 魚樂이, 지상엔 花樂이 늘 이 나라에。

註 · 玄石은 이호신 화백의 아호임.

내설악 다람쥐

백담사에서 오세암까지
가는 길이 너무 좋다.
피곤하면 잠시 벽계수에 눈 씻고
바위에 앉거나
벽공에 눈 주고 벌렁 누워 있으면 된다.
여름의 흰 뭉게구름이나 조각구름들이
써내는 시는 환상적이지만
난해한 데가 없어 즐겁기 짝이 없다.

하늘을 가린 숲 속의 오솔길을
무심히 걷노라면
가끔 작은 다람쥐들이
들락날락 재미있는 자세를 취한다.
사람을 피하는 기색이 없다.
민첩하고 영리하다.
어쩌면 털빛깔이 저렇게 선명할까
내설악 정기를 한 몸에 모은 듯.

문득 북한산 다람쥐가 떠오른다.
영양실조에 빠질대로 빠져서
털도 빠지고 몸놀림도 비실비실

겁 먹은 다람쥐가。도토리란 도토리는
한 알도 안 남기고 모조리 긁어가는
영악한 사람들과 산으로 쫓겨온
고양이들의 공세에 몰려
북한산 다람쥐는 전멸 직전이다。

거기에 비할진대 오세암 일대는
다람쥐들의 극락。
이 구석 저 구석 사방팔방에서
슬금슬금 살금살금 줄달음치며 노는
다람쥐들 수십 마리。털빛깔에 윤이 나며
줄무늬가 뚜렷하다。
옳아, 이것들이 진짜 다람쥐야。
내설악에 와서야 진짜를 만나누나。

해돋이

내 안의 영원과 바다의 영원이
하나로 꿰뚫리는
순간 펑! 하는 소리와 함께
수평선 박차고
휘황찬란한 여의주 떠오르네
삼라만상은 차츰 제각기
제빛깔 제모습 제가락 되찾으며
대우주교향악을 합주하기 시작하네

흐름

아득한 오지의
옹달샘 넘쳐
실실샐샐 졸졸줄줄
햇살과 희롱하며
풀밭 사이 흐르다가
계곡에 이르러선
철철콸콸 소리 내네
낭떠러지에선
폭포로 하얗게 환장(換腸)을 하더니
큰 강을 이루고는
숨소리도 내지 않고
유유히 흘러가네
마침내 바다와
살 섞고 말 때까지
유유히 흘러가네

홍매화 청매화

홍매화 청매화

봄날
환한 광명천지인데
꽃송이마다 홍매화는 화심에 작은 홍등(紅燈)을
청매화는 화심에 작은 청등(青燈)을 밝히고 있네
이 세상 것이 아닌
천상의 향기를 뿜고 있네
실의(失意)에 잠긴 이여
걸음을 멈추고
마치 처음 보듯
큰 눈을 뜨고 보라
이렇듯 황홀한 꽃불들이 켜진 것은
굳게 잠긴 가슴의 문이 절로 열리어서
아픈 살 저린 피의 상처가 아물도록
아니 그대 뼛속의 찰거머리 어둠까지
환히 밝히려는 뜻임을 깨닫게나

개망초꽃

이게 무슨 꽃이지요?
망초는 망초인데 개망초랍니다.
동행인 향운(香雲) 보살의 말이었다.

내가 어렸을 때
시골 길에서, 들에서, 언덕에서
지천으로 보았던 꽃.

보기는 보았어도
건성으로 보았던 꽃.
꽃이름을 전혀 알려고도 안했던 꽃.

그 뒤 수십년 세월이 흘렀는데,
개망초꽃은 내 기억 밖으로
까마득하게 사라져 있었는데,

오늘 홀연히 되살아날 줄이야.
초본(草本)이라 휘청휘청 가녀린 키에
새끼손톱만한 작은 흰 꽃들이   *

반짝 동글게 수줍게 웃고 있네.
개망초꽃 예쁘지요?
그 은은한 향기도 좋아요.

향운 보살 말에
나는 코를 꽃에 갖다대었으나
극히 미미한 분냄새 같은 느낌.

향운보살의 향기 같네요.
나는 그러려다 군침을 삼켰다.
중요한 것은 내가 백발노인이 되어서야

개망초꽃을 재발견했다는 일.
아마 앞으로는 개망초꽃을 잊지 못하리라
내가 흙으로 되돌아갈 때까진.

호박꽃

호박꽃 속에 꿀벌이 들어 있다.
온몸에 노오란 꽃가루 묻혀가며
깊은 쾌락에 빠져 있는 모양……
(밖에서 음모가 진행 중인 것을
그 정신나간 꿀벌이 알 리 없지)
한 동자(童子)가 가만가만 다가와서
얼른 두 손으로 호박꽃잎 밀봉한다.
야, 잡았다, 잡았다 꿀벌!

채송화

가냘픈 줄기에 잎은 육질이라
앉은뱅이꽃처럼 보이는 채송화.
무심한 사람에겐 곧잘 밟히기도.
하지만 그 꽃빛깔은 화사해라.
자주, 노랑, 분홍, 하양⋯⋯
보는 이의 정신을 반짝 들게 한다.
아침에 피었다가 오후엔 시들지만,
씨앗들은 땅으로 떨어져서
저절로 해마다 잘도 자라나네.
여름에서 가을까지
사람들 눈에 띄거나 말거나
피고는 지는 꽃, 지고는 피는 꽃⋯⋯

옥잠화

옥잠화처럼
희고
순결하고
곱고
향기로운 가시내가 있었나니
이몸도 수줍은 소년이었을 때
감히 말 한마디 못하고 말았지만

오늘
백발 노인이 되어
옥잠화 핀 걸 보니
감회가 새롭구나
내 기억 속의 가시내 향기하고
새삼 맡아보는 옥잠화 향기하곤
다름이 없구나

백일홍

국화과의 한해살이, 백일홍꽃을
모르신다구요? 그럼 섭섭하죠.
유월에서 시월까지 나처럼 오래 피는
꽃은 없어요. 그래 이름이 백일홍이랍니다.
자 보십시오. 키도 작지 않은 데다
활짝 피어난 채, 눈 한번 깜빡 않는
두상화(頭狀化)를 보십시오. 비 오나 바람 부나,
또는 여름 불볕에도 태연히 맞서는.
나는 이제 완연한 이 나라 꽃이예요.
다식판의 꽃무늬로 쓰이기도 하니까요.
어떤 이는 말하기를
나의 산뜻한 꽃빛깔을 보노라면
제상(祭床)에 올려놓은 빨간 사탕이 떠오른데요.
아마 추석명절 때가
내가 제일 예뻐 뵈는 땐가 봐요.

80

봉선화

그녀는 일편단심 봉선화 사랑한다.
봉선화는 그녀의 평생 반려이다.
참 그밖엔 말걸리 담그는 술단지 하나.
처녀 때엔 열 개의 손톱을 다
고운 봉선화 붉은 물 들였지만,
시집 가서 남편을 일찍 여읜 뒤론
물들이는 법이 없다. 보기만 한다.
그녀의 소문난 음식 솜씨 중에서도
막걸리 맛은 천하의 일품.
막걸리라기보다 불로장생주지.
그녀는 그걸 비장의 단지 덕으로 돌리지만,
실은 그녀의 지극정성 덕이라네.
칠칠했던 검은 머리
이젠 별수없이 파뿌리 되었고
장성한 자식 운수도 기구하이.
마흔이 되도록 노총각 신세지만,
몇 달이 못가서 이사를 해야 하는
아주 가난한 셋방살이지만,
아들의 착한 마음
복 받을 날이 있을 걸 믿고 산다.
해마다 여름이면 봉선화 붉게 피어

마음의 불이 켜지는 재미,
그리고 어려운 살림 중에서도
막걸리 담가 각박한 동네 인심
주름살 펴주는 재미로 살아 간다.
봉선화 붉은 꽃빛,
바로 그것이 그녀의 일편단심.

닭의장풀

내가 어렸을 때
제일 먼저 내 눈에 비쳤던 풀꽃.
도랑물 흐르는 들이나 길 가에
그렇게 지천으로 눈에 띌 수가 없다.

아침 이슬에 신발을 함초롬
적시며 걷다가도
문득 닭의장풀 사태를 만나면
그만 숨 죽이며 걸음을 멈춘다.

누가 뿌린 걸까 초록의 바탕에
그 신선한 쪽빛 점점은, 정신이 반짝 나네.
작고 푸르고 예쁜 꽃잎이
꽃받침에 두 개씩 달렸는데, 여리기도 하여라.

무심히 꽃잎 따서
손끝으로 으깨어 보면
손 끝에 푸른 물이 드는구나.
그 서운하고 애련한 덧없음.   *

나는 그런데도 아주 오랜 세월
그 꽃이름을 모르고 지냈거니.
일곱살 때 시골에서
대도시 서울로 이사를 왔으므로.

나는 장성한 뒤
정지용 시집에서 문득 이런 구절을 보았지.
「한번은 닭이풀꽃을 모아
잉크를 만들어가지고

친구들한테 편지를 염서(艶書)같이
써 부치었다」하, 그렇구나.
예의 무명초는 닭이풀이었구나.
그래 나도 그 말을 내 시에 써먹기도.

닭의장풀은 사전에서 배운 말.
달개비라고 부르기도 하나본데,
지금의 내 생각은
차라리 달기풀이 어떨까 한다.

84

분꽃

해질 무렵부터
아침까지 피는 꽃임.
아주 작은 깔때기 모양의
흰색, 진홍색, 노란색의 꽃이 핌.

여름 저녁 길 가에서
활짝 낏낏하게
피어있는 진홍색 분꽃을 만나면
이몸은 그 순간에 오십년은 젊어짐.

전설 속 십대의 소년이 되어
공주를 찾아나섬.
진홍색 분꽃 따서 입에 대고 불면
고운 옥피리 소리가 남.

그 피리 소리 구름에 닿자마자
하늘은 진홍색 노을의 나라 됨.
하지만 이내 노을이 스러지면
이몸은 다시 노인으로 돌아감.   *

까맣게 익은 팥알만한 분꽃 씨앗,
속엔 흰색 가루가 있다는데
올해엔 그걸 먹어보면 어떨까 함.
백발이 다시 검어질지도 모름.

과 꽃

이 나라의 대표적인 가을꽃 하면
과꽃이 떠오르죠.

자줏빛, 붉은빛, 남빛, 진보랏빛,
그리고 흰빛 과꽃도 있습니다.

나로선 그중
진보랏빛 과꽃이 마음에 들어요.

진보랏빛 과꽃의 꽃다발일진대
이 세상 무엇과도 바꾸지 않을래요.

그 꽃빛깔을 넋잃고 보노라면
이몸은 어느덧 공중에 뜨죠.

샤갈의 연인처럼 공중을 날며
길게 진보랏빛 무지개를 그립니다.

꽃다발은 내 품에
이몸은 가을 하늘 푸르름에 안깁니다.

맨드라미

따가운 햇살 받고 지르르 타는
닭의 볏 모양의 붉은 맨드라미.
털이 없으매 만지면 진솔하고
두터운 것이 든든한 맨드라미.

할미꽃

산에 들에 저절로 봄이 오면 피는 꽃.
온몸에 희고 여린 솜털 투성이……
수줍음을 잘 타서 고개도 못들고
안으로만 자줏빛 열정을 태운다네.

첫모란

아직 입다문 봉오리들 남겨놓고
제일 먼저 핀
첫모란의 아름다움

그 무류의 신선함을 능가할
또 하나 다른 모란은 없으리
무더기로 피더라도

지금은 다만
온 천지가 발르 떨 때로세
첫모란으로 하여

왜 소나무 문화인가

왜 소나무 문화인가

① 소나무로 만든 집

소나무로 만든 집은
기둥이 휘거나 금가는 일이 없다.
수십년 한결같은
목질(木質)의 아름다움,
결곡하고 정결하다.
집 안 구석구석
은은한 솔향이 감돌고 있다.

이런 집에서 사는 사람들은
청풍명월(淸風明月)이다.
언성을 높이거나
핏대를 올리는 일이 없다.
매사에 절로
예의바른 몸가짐에 온화한 인품
드높은 기개를 지니고 살아간다.

② 금(禁)줄

남아가 태어나면
새끼줄에 솔가지와 숯과 고추 끼워
삼칠일 동안
문설주에 가로 일자(一字)로 걸어 둔다。
부정 탈세라
잡인들 출입을 막기 위해서다。

③ 소나무 음식

흉년이 들면 가난한 백성들
초근목피(草根木皮)로 보리고개 넘었던
시절의 얘기일까?
소나무의 속껍질
하이얀 송기로 죽을 끓여 먹은 것은。

그렇다 하더라도
송기절편, 송기정과, 송기개피떡에 이르러서는
얘기가 달라진다。
오히려 고급의 별식이었으리。

칠칠한 솔잎으론
송편 만들거나 송엽주 만들고
송홧가루 넣고서 빚은 술은 송화주요
꿀물에 송홧가루 탄 것은 송화밀수(松花蜜水)。
송홧가루 묻힌 강정도 있거니와
꿀에 반죽하여 다식판에 박아 낸
노오란 송화다식
솔바람차에 곁들여 먹을진대
피가 맑아지고
머릿속에 비취빛 솔바람 일게 되지。
어찌 시흥(詩興)이 일지 않을손가。

송이 또한 소나무의 선물일진대
할말이 많으나,
군소리는 줄이고 이름만 나열한다。
송이산적, 송이저냐, 송이전골, 송이찌개
송이찜, 송이채, 송이탕 등등。

94

④ 유년추억 일편(一片)

온돌방 아궁이에 군불 때던 일,
장작을 지피지만 불붙지 않아
매운 연기에 눈물 나던 일
선명히 떠오르네.
하지만 잘 마른 솔가지 땔 때에는
얼마나 신나던가。
불은 아주 쉽사리 잘 붙어서
불똥 튀기며 위세좋게 타오른다。
까닭없이 그리운 솔가지 타는 냄새……
활활 타오르는 불꽃의 아름다움
어린 마음에도
그것이 삶의 진수인 것 같은
그것이 미(美)의 극치인 것 같은
감동에 그만 넋을 잃었었지。
옷자락 슬금슬금 타는 줄도 모르고……

⑤ 옛 시조 二수

「이 몸이 죽어가서 무엇이 될꼬하니
봉래산 제일봉에 낙락장송 되었다가
백설이 만건곤할 제 독야청청 하리라」

성삼문(成三門)의 충절은 죽음도 꿰뚫는다.
하여 제일 높은 봉우리 꼭대기의
낙락장송으로 솟구친다 솟구친다.
그 강인무비의 장하디장한 기상!
이 땅의 모든 선비들의 귀감이다.
비록 몸은 멸했지만 굽힐 줄 모르는
기개는 살아 이 땅의 모든 소나무들의
푸르름을 더하나니, 칠칠히 끼끗하게.

「더우면 꽃 피고 추우면 잎 지거늘
솔아 너는 어찌 눈서리를 모르는다
구천에 뿌리 곧은 줄을 그로 하여 아노라」

사람을 알려면 그가 사귀는 벗을 보라 한다.
윤선도(尹善道)의 벗은 다섯. 물·돌·솔·대·달.

96

그중 이것은 소나무를 노래한 것.
그 불요불굴의 상록을 찬미한 것.
진실로 그는 걸출한 시인이매
육안으로 보이는 소나무 뿐 아니라
보이지 않는 땅 속의 뿌리까지
환히 꿰뚫어 보았던 것이라네.

⑥ 소나무와 산수화

신라가 낳은 가장 위대한 화가는 솔거(率居),
그의 대표작은 황룡사 벽화로서
신운(神韻)이 감돌았던 노송도였음을
모르는 이 있을까?
새들이 날아와서 앉으려다가
벽에 미끄러져 떨어지곤 하였다는.

이래 이 나라 산수화의 대가로서
소나무 안 그린, 또는 못그린 사람은 없다.
그것도 그럴 것이
이 나라 강산에서 소나무 뺀다면
얼마나 적적하랴.

털 뽑힌 닭처럼 보기가 흉할 텐데
그릴 것이 무엇인가?

이 나라엔 곳곳에 명산이 널려 있고
그 명산 품엔 고찰이 안겨 있고
그 중에서도 드높은 자리에는
산신각 있는데
그 안엔 반드시 산신탱화 걸려 있고
그 탱화 안엔 노송이 있나니,
그 아래 기품 있는 노인은 바로
우리의 조상신 단군성조이고
그 분을 모시는 호랑이는 신수(神獸)이며
노송은 신목(神木)이다.

실로 소나무는 나무 중의 영물(靈物)이다.
영성적(靈性的) 감각이 특별히 뛰어났던
겸재나 단원 등이
어찌 소나무를 안 그릴 수 있었으랴.
그들의 소나무는
거의 다 신품(神品)이다. 도통해 있다.
도통한 화가만이

도통한 소나무를 그릴 수 있는 법.

그렇다고 소나무는
유명화가들만의 독점물은 아니라네.
예컨대 저 민화,
십장생도의 소나무를 보아라.
해·구름·바위·물·학·사슴·거북 등과
아름답고 평화롭게
멋지게 어우러진 늘씬한 적송들을.

소나무는 우리의 영원한 민족수다.
「남산 위에 저 소나무 철갑을 두른 듯
바람 서리 불변함은 우리 기상일세」

  ⑦ 소광리 서낭소나무

한 발 가면 산이 섰고
두 발 가면 물이 솰솰
이것이 한국의 산수인 것이다.
산은 산으로 이어져 첩첩이요
물은 물로 이어져 바다에 가닿는다.

여기저기 아늑하고 볕바른 평지엔
마을이 이루어져 착한 사람들
평화롭게 살아간다.
마을마다 초입에는
마을의 수호신,
서낭신 모셔놓은 당집이 있거나
서낭나무 있나니.
정월 보름이면 그 앞에 모여
제물을 차려놓고
모두 경건히 제사를 지낸다.
소지를 올리며 간절히 기원한다.
삼재팔난을 여의게 하옵소서.
올해에도 어김없이 풍년 들게 하옵소서.

　　　　*

경북 울진군 소광리 초입에는
서낭나무로서
소나무 있나니.
신령이 깃든 소나무 있나니.
뭇 활엽수에 둘러싸인 소나무,
군계일학(群鷄一鶴)격의 소나무 있나니.
하늘과 땅 사이를 연결하려는 듯

100

죽죽 곧게 위로 뻗어오른
강송(剛松)이 있나니.
신성불가침의 거룩한 소나무
밑동엔 지포(紙布) 달린 금줄이 쳐져 있다.

지금 이곳의 가을은 절경이다.
알록달록한 단풍잎을 자랑하는
복장나무 비롯하여
노랑빛 고운 고로쇠나무며
타는 진홍빛 단풍나무들
호위병인 양 소나무 둘러싸다.
전체가 하나의 궁궐을 이루다
휘황찬란한 칠보 궁궐을.

벽공에선 쉴새없이
은싸락 금싸락이 쏟아져 내리는데
한껏 발돋움한 소나무 자태 보라.
홀연 하늘로 상승하고 싶은 눈치……
하지만 안되지, 그러면 안되지
이몸은 마을의 수호신인 걸,
하고 마음 되돌리며
의연한 자세를 지키고 있구나.

⑧ 솔언덕 무덤

솔향기 그윽한 청산에 태어나서
소나무의 기(氣)를 받아
한껏 고결하고 알차고 풍류로운
삶을 누린 자
이 세상 하직할 땐
어디로 갈 것인가.
송판으로 만든 관 속에 들어가서
청산에 묻히면 그것이 선종(善終)이리.
다만 거기서 한 술을 더 떠
바다가 보이는 솔언덕에 묻힐진대
그보다 더 좋은 복이 있을까나.

⑨ 소나무 일화 둘

정이품송

하루는 세조대왕 법주사로 행차할 때
갑자기 연(輦)이 거동을 멈추었다.
임금이 궁금하여 밖을 내다보니

102

연의 꼭대기가 낙락장송 가지에
걸려 있는 것이었다。허 그것 참。
그러자 놀랍게도 걸려 있던 가지가
번쩍 들리었다。마치 몰라뵈서
죄송하다는 듯。임금은 후에
그 기특한 소나무를 기억하고
정이품을 제수했다。
오날날에도 이 소나무는
당국의 특별 예우를 받고 있다。

  석송령 소나무

경북 예천군 감천면 천향 1 리
석평 마을에는 종합토지세를 내고 있는
노송이 있나니, 그 이름 석송령。
수령 육백년의 엄청난 거송인데
적지 않은 토지를 소유하게 된 데에는
다음과 같은 사연이 있다。

1928 년의 일이었다。
혈혈단신이던 이수목 노인은

자신의 사후에 제사를 지내줄
후손이 없으매, 자신의 전재산인
대지 소유권을 석송령 앞으로
등기이전하였단다.

아울러 주민들이 대지를 이용해서
매년 나오는 수입을 갖고
제사 지내 줄 것을 당부하였단다.
이래 이 사업은 유지들 협조로
꾸준히 지속 발전되어 왔다.
몇몇 학생들은 장학금을 받기까지.

노인의 제사문제 해결은 물론이요,
석송령 소나무는 당산나무로서
더욱 주민들 신망을 모아왔다.
마을의 구심점, 수호령이 된 것이다
매년 어김없이 정월 보름이면
온 마을 주민들의 제사를 받는다.

⑩ 송계(松契)

소나무는 이 땅과 운명을 함께 해온
대표적 수종이다. 역사의 증인이다.
이 땅의 원종교 풍류도(風流道)의 상징이다.
우리의 기상을 은연중 고결하게
또한 정서를 너그럽게 가꾸도록
품위와 멋을 일깨워 주고 있다.
어디 그뿐이랴. 머리 끝에서
뿌리의 뿌리까지 온몸을 송두리째
인간에게 바치건만. 기(氣)를 뿜건만.
우리는 얼마나 소나무 위해주나?

하지만 옛부터 소나무 알아주는
소수의 유지들 없지는 않다.
그들은 이렇게 입 모아 말하나니.
벌레 먹혀 죽어가는 소나무는 애처롭다.
도벌꾼 극성 떨면 나라가 기운다.
어떻게 해서든지 소나무 살려내자.
그래서 생긴 것이 소나무 계라네.
사람이 자기몸 가꾸고 보호하듯

정성껏 소나무 가꾸고 보호하자.
사람과 소나무는 둘이 아니라네.

괴산의 왕소나무

오늘 나는 한없이 기쁘고 고맙구나.
내가 좋아하는 소나무 중에서도
왕소나무 보았기에.
물어물어 찾아온 보람이 있구나.
지금가지 살아온 보람이 있구나.

왕소나무 키는 12.5 미터
가슴높이 둘레는 4.7 미터
나이는 약 600 년이란다.
하지만 나 보기엔 1000 년도 더 될 듯.
아니 그는 나이를 초월했다.

사람이 늙으면 살갗이 쭈글쭈글 주름이 지고
검버섯도 끼듯이, 소나무도 늙으면
살갗이 다소 거칠어지고 이끼라도 끼는 법.
하지만 왕소나무 살갗 좀 보아라
붉으스럼한 것이 오히려 싱그럽다.

하늘에서 신기(神氣) 받고 땅에선 영기(靈氣) 받아
왕소나무 온몸엔 기운(氣韻)이 생동한다.
안 보이는 뿌리에서 우람한 몸통 거쳐

리을(ㄹ) 리을(ㄹ)로 굴곡을 거듭하는
가지 끝 무수한 솔잎들에까지.

멀리서 보면 초록의 대형 일산,
들어와 보면 햇빛이 솔솔 새는 산소천막이다.
저절로 머릿속이 하늘처럼 열리고
심신이 한없이 쇄락해지는 것이
왕소나무 생기가 내게로도 옮겨온 듯.

그 붉으스럼한 엄청 큰 몸통에
손바닥을 대자마자 나는 깨닫겠다
왕소나무는 살아있는 거룡(巨龍)임을.
사방팔방으로 뻗어나간 가지들은
새끼용들의 용틀임이란 것을.

왜 솔잎들이 한껏 칠칠하고
낏낏한 모습인지, 왜 단 한 군데도
병든 구석이나 이지러진 기색은
찾아볼 수 없는지를 확실히 알겠구나.
왕소나무 용소나무 왕소나무 용소나무   *

나는 좀 떨어져서 왕소나무 둘레를
한 바퀴 돌아본다. 보는 위치와 각도에 따라
그 모습이 천차만별이다. 일즉다(一卽多)라더니.
그러면서도 천상천하에 오직 하나뿐인
괴산의 왕소나무, 다즉일(多卽一)이로세.

나는 다시 왕소나무 곁에 가서
그 붉으스럼한 엄청 큰 몸통에
귀를 갖다댄다. 순간 억겁의 시간이 녹아
흐르는 소리. 하늘의 은하수가 땅으로 흘러와서
다시 솟구치는 듯한 소리가 들린다.

그것은 왕소나무 몸속을 구석구석
굽이도는 수액소리. 시작도 끝도 없는
대우주의 생명핵(生命核)이 내는 소리. 오옴(om), 오옴(om).
그런 기(氣)덩어리, 괴산의 왕소나무,
거기에 무슨 나이가 있겠는가.

소광리 소나무 숲

땅은 옥토이고 하늘은 벽공이다.
그 사이를 기어코 연결하려는 듯
곧장 하늘로 죽죽 뻗은 소나무들
수십, 수백, 수천을 헤아린다.

해는 눈부시고 따스한 햇살은
솔잎들을 칠칠히 윤(潤)내는 백금가루.
굽이굽이 냇물은 땅 속에 스며들어
솔뿌리들의 목마름을 달래준다.

소나무들 안에서 지기(地氣)와 천기(天氣)는
하나로 녹아 소나무 독특한
기운을 뿜어낸다. 솔향기라기보다
그것은 차라리 거룩한 영기(靈氣)다.

지금 이곳을 가득히 메운 기운,
바람도 없는데 떠도는 기운,
그 불가사의한 영기를 마시면
인간은 차츰 탈속하게 된다.　　　*

110

순수무구한 영성적(靈性的) 차원의
본래 성품을 되찾게 된다.
소나무와 인간은 둘이 아니란 것,
인간을 포함한 삼라만상은

본질에 있어서 한 덩어리라는 것,
원융무애의 친화와 조화를
이루어야 마땅함을 깨닫게 된다.
소나무는 인간의 위대한 스승이다.

오백년 묵은 왕소나무 한 그루,
거기서 이렇듯 많은 자손들이 퍼져 나왔을까.
이곳은 성역(聖域)이다. 소나무 왕국 만세.
정통의 소나무, 허리 꼿꼿한 금강송 만세.

강송(剛松) 찬미

강송의 뿌리는 구천(九泉)에 닿아 있다.
　　　　그렇게 되기까지 장애는 많았지만
　　　　바위도 무쇠도 그의 뻗어내리려는
　　　　불굴의 의지, 그러면서도
　　　　더없이 유연하고 참을성 있는
　　　　촉수에는 맥없이 꿰뚫린다.
강송의 줄기는 곧장 뻗고 자라
　　　　천상에 닿아 있다.
　　　　오로지 상승일념(上昇一念)의 무한지속.
　　　　옆으로 이리저리 희희낙락하며
　　　　멋대로 뻗는 것은 가지가 있을 뿐.
강송의 가지는 헤아릴 수도 없이
　　　　많은 솔잎들을 달고 있다.
　　　　햇살의 은싸락 금싸락에 씻기워서
　　　　더욱 예리해진 바늘 끝들은
　　　　일제히 벽공의 속살을 찌른다.
　　　　보이지 않는 감로를 빨아들여
　　　　의기양양하다. 더욱 칠칠하고
　　　　낏낏해진다.

강송이 땅에서 끌어올린 지기(地氣)와
　　　　하늘에서 끌어내린 천기(天氣)는 이제
　　　　강송 안에서 하나로 뒤섞인다.
　　　　비교를 불허하는 강력한 소화력.
　　　　강송은 황금의 내장을 갖고 있다.
　　　　하여 마침내 소나무 특유의
　　　　기운을 창출한다.
강송이 온몸으로 발산하는 기운,
　　　　진한 체취랄까 강렬한 향기,
　　　　그것은 차라리 영기(靈氣)인 것이다.
　　　　신묘불가사의한 치유력 지닌.
　　　　용기를 잃고 삶에 지친 이들,
　　　　울적한 사람들은 이곳에 오라.
　　　　이 놀라운 강송들이 수도 없이
　　　　용립해 있는 이곳, 기적의 숲으로.
강송의 숲에서는 일체 잡념을
　　　　버려야 한다. 오직 자연에의
　　　　외경(畏敬) 하나로 마음을 채우도록.
　　　　강송을 본떠 허리를 편 다음
　　　　가슴을 열고 심호흡 해야 한다.
　　　　뿌리를 깊숙이 대지에 내렸기에

113

확고부동한 긍정의 자세와
찬미의 정성을 배워야 한다.
온갖 협잡의 유혹을 물리치고
상승일념의 집중과 지속력,
그 드높은 기개의 도덕성도.
강송은 각기 자기추구에 치열할 따름으로
서로 시샘하거나 다투는 일이 없다.
주어진 조건, 운명을 수용하고
그걸 묵묵히 사명으로 바꾼다.
서로 적당히 떨어져 있으면서
실은 화기애애한 친화력(親和力) 속에 있다.
강송은 지금 이곳에 있지만
무시무종의 영겁(永劫)을 살고 있다.
시시각각으로 미완성이면서도
완성인 삶. 강송에게 있어
강송 아닌 것은 추호도 없다.
나날이 새롭고 나날이 흡족하다.
있음이 그대로 기도요 찬미이다.
강송은 완벽한 삶의 본보기다.

가물 현(玄) 단장(斷章)

1

어느 날 우연히
숲 속에서
가물현자(玄字) 모양의 소나무를 보았다
그 소나무를 마음 속 깊은 곳에
옮겨 심었더니
나는 차츰 달라지기 시작했다
빛도 아니요 어둠도 아닌 것이
처음도 아니요 끝도 아닌 것이
유(有)도 아니요 무(無)도 아닌 것이
지금 내 안엔
무궁무진 고여 있다
그 속에서는
억겁의 세월도 일순이고
삼천대천세계(三千大天世界)도 한낱 티끌이다

2

샛별의 눈을 지닌
묘령의 아가씨가
내 몸에서 그윽한 솔향이 풍긴다고
웃옷을 벗어 보라고 한다   *

그러자 나도 깜짝 놀랐거니
나의 가슴 한 복판엔
자획도 선명한
작은 가물현자(玄字)

　3
내 안의 공(空)
내 안의 무시간(無時間)이
나를 무한히 자유롭게 만든다

오늘도 나는 좀 늦은 오후에
북한산 한 자락
나목(裸木) 숲 속으로 산책을 나갔는데

겨울 해는 어느덧
맥없이 지고 말아
멀리 짙은 수묵빛 능선상에

동장대(東將臺) 누각이
어쩌면 꼭
가물(玄字) 모양이네

4
아득하면 되리라던
시인 박재삼(朴在森)이
오랜 병고 끝에 마침내 승천(昇天)했다
이제 그를 만나는
유일한 방법은
가물현(玄) 밤하늘에 눈길을 돌리는 일
그러면 거기 그가
제비꽃내 풍기는 신성(新星)으로
빛나는 걸 볼 수 있다

하회 마을에서

하회(河回) 마을에서

나룻배 타고
낙동강물을 건넌다면 모르지만,
육로로는
오직 한 길 뿐,
하회 마을 가는 길은.

낙동강물이 S자 모양
하회 마을 휘감고 돌아가기 때문이지.
풍수지리적 관점에서 말할진대
꼭 태극 모양,
또는 물 위에 떠 있는 연꽃 모양,
또는 배 떠나는 형국이라네.
그래서 하회에는 우물이 귀할밖에.
배에 구멍 뚫려
물이 콸콸 솟는다면 어떻게 되겠는가.

태백산맥의 줄기를 타고 있는
일월산(日月山)의 한 지맥이
서남쪽으로 뻗어내리다가

낙동강을 만나서 멈추어 선 게
나지막하고 아담한 화산(花山).
하회의 주산(主山)이다.
마을의 뒷산이다.
말하자면 현무(玄武)이다.
남산과 화천(花川)이 좌청룡(左靑龍)이고,
북쪽 절벽에
이어지는 화산의 가지가 우백호(右白虎).
강 건너 원지산(遠志山)이 주작(朱雀)인 것이다.
이로써 하회 땅은
명당이라는 것.

이런 명당 중심지엔
땅의 생기가 충만한 곳인
혈(穴)이 있게 마련인데,
즉 태백산의 맥을 이은 일월산의
지맥이 화산까지 이어졌거니와
다시 그 지맥이
최종적 응결점을 이루고 있는
바로 그 혈 자리에
마을의 수호신,

삼신당이 있다는 건
놀라운 사실이다.

삼신당은
집의 형태가 아니라,
수령 800년의 느티나무 거목이다.
엄청 굵은 밑동부터 여러 갈래,
(그 가운데에 상석(床石)이 놓여 있고)
가지는 사방팔방, 잎들은 싱싱
그리하여 울창한 신수(神樹)를 이루다.
녹음의 나라, 초록빛 사당,
하회 마을 중심지, 태극의 극점,
가장 치열한 생명의 분출구(噴出口).
진실로 이런 데
신령(神靈)이 없다면
어디에 깃들리오.

삼신당에서 가까운 곳에
양진당(養眞堂) 있다.
겸암(謙菴) 유운룡(柳雲龍)의 종택인 것이다.
1600년대 목조 건축물이

이렇듯 온전히 남아 있다니.
행랑채 거느린
솟을대문 들어서면
마당 건너 맞은 편
정면에 있는 것이 사랑채인데,
높은 기둥과 여섯 칸 대청의
규모가 놀랍다.
안채와 행랑채 등
그 구석구석을 살핀 건 아니지만,
도처에 넉넉함과 운치와 고격(古格)이
하나로 어우러져
찬탄을 자아낸다.

양진당에서 멀지 않은 곳에
충효당(忠孝堂) 있다.
겸암의 아우이자
임진왜란 때 영의정으로
국란을 극복했던
서애(西厓) 유성룡(柳成龍)의 종택인 것이다.
52칸의 목조 와가로
조선조 중엽의 전형적인 사대부가(士大夫家).

대문채 앞의
만발한 부용꽃들, 연한 홍색꽃들,
너무 아름다워 걸음을 멈추다.
솟을대문 들어서니
바로 사랑채의 대청이 보이는데
허미수의 전서체
현판이 눈에 띈다.
암 그렇지, 서애야말로
충효를 겸비한 인물이고말고.
영모각(永慕閣)에서
서애의 이모저모,
각종 유품과 '징비록' 등
필적을 살피면서
그의 고결한 숨결을 느끼다가
밖으로 나오니,
몹시 반가운 게 뜰의 나무들.
그중 크게 자란
반송(盤松) 한 그루에
나는 한동안 마음을 빼앗기다.

아흔 아홉칸의

대저택 북촌댁(北村宅).

솟을대문 또한 하회에선 제일 크다.

사랑채 정면에

북촌유거(北村幽居)라는 현판이 걸려 있어

북촌댁인가보다.

다른 집들보다 광이 엄청 많다.

이끼 낀 기와엔

잡초도 우거지고,

낡은 나뭇내가 물씬물씬 나는데도

이런 한적한 고풍(古風)이 싫지 않다.

정답기만 하다.

삼신당을 중심으로

하회의 마을 길은

거미줄처럼 얽혀 있음이여.

길따라, 토담따라

이리저리 가노라면

하회는 건축박물관인 것이다.

시대별, 양식별로

다양한 집들이 두루 눈에 띈다.

독특한 와가(瓦家),

유서깊은 고택(古宅)들이 많은 건 물론이나,
못지않게
돋보이는 것이 초가(草家)들인 것이다.
이른바 초가삼간,
전형적인 토담집,
울타리는 거의 있으나마나이고,
빨래줄엔 시래기나 호박꼬자리가,
멍석 위엔 빨간 고추가 널려 있다.
그것은 얼마나 정겨운 풍경인가.
문간채, 안채, 헛간 등을 갖춘
버젓한 초가에 이르기까지
하회 마을에는 초가도 다양하이.
어쩌면 집이란
흙과 돌과 나무와 짚만으로
이루어진다해도
훌륭한 게 아닐까나.
맑은 햇빛과 물과 바람과
신선한 공기만 따라줄진대
족한 게 아닐까나.
하회 마을 골목길을 시름없이 걷다 보면
문득 그런 감상에도 젖게 된다.   *

마을을 빠져나와
도선장에 당도하니,
그제서야 가슴이 타악 트이면서
큰 눈이 떠진다.

낙동강 푸른 물이
하회 마을 휘감고 돌아가는 실상을
조금이나마 짐작할 수 있겠구나.
강물도 꽃다워서
화천(花川)이라 부르는가.
강 건너엔 깎아지른
부용대 낭떠러지,
험상궂은 암벽이나
그걸 감싸듯 수목이 우거졌고,
강 이쪽은
깨끗한 백사장과
만송정(萬松亭) 푸른 솔숲.

부용대 향해
나룻배 타는데
늙은 뱃사공, 웃기는 사람이다.

앞으로 가긴커녕
배는 수세(水勢)에 떠밀려 뒤로, 뒤로,
그러더니 어느새
출발점으로 돌아와 있다.
강바닥이 올라와
수심(水深)이 얕은 것이 문제이다.
더러 강바닥 모래에 걸려
배는 꼼짝달싹 못하게 되기도.
그러면 사공은
고래고래 소리를 지르는 것이다.
첫인상은 양반의
탈을 쓴 것 같았는데
지금의 그의 탈은 영락없이 초랭이다.
하하 이 양반 웃기네, 웃기네,
하면서도 몇 사람,
아이들과 젊은이는
서슴치않고 물 속으로 뛰어든다.
영차영차 두 손으로 힘껏 배 떠밀기.
모두 신난 듯이 즐거운 표정이다.
드디어 배는 부용대 기슭에.
문득 사공의 얼굴을 살폈더니

그는 어느새
그 처음의 점잖은 양반 탈로
돌아가 있었다.

부용대 숲 속에는
전망 좋은 곳에 정자(亭子)가 둘 있다.
하나는 겸암(謙菴)이 세운
서당 겸 정자。
담장을 사이 두고
살림채도 딸린 구조。
서당엔 '謙菴亭' 현판이 걸렸는데
그의 스승인 퇴계(退溪)가 손수 써서
내려준 글씨。
이런 곳에서 시문을 짓고
도학을 논했던, 제자를 교육했던
옛 어른들, 고결한 선비들은
이제 모두 어디에 가 있단 말인가。
아무도 안 사는
정자 마루에는 먼지만 쌓였구나。

다른 하나는

부용대 오른쪽 절벽가에 있는
옥연정(玉淵亭)으로,
서애(西厓)가 세운 정자 겸 서당이다.
난세 중의 난세를 의연히
살았던 서애. 학자이자 명재상(名宰相).
그는 이곳에서 '징비록'을 썼다。
옥연정 이모저모 살펴볼수록
고인(古人)의 정성들인 흔적이 역연한데,
이런 유서깊은 유적을 그냥
방치해 둔다는 건
우리 금인(今人)의 수치가 아닐까나。
우거진 수목 새로
그림처럼 아름다운 화천을 굽어보다
나는 하마터면 실족할뻔하였거니,
그 아찔한 절벽 아래 벽담(碧潭)에로。

부용대 정상에서
확 트인 전망 속
하회 마을 확인하니 감회가 새롭구나。
그야말로 절묘한
수태극(水太極) 산태극(山太極)의 형국이로세.

130

또는 연화부수형(蓮花浮水形),
또는 자루 달린 재래식 다리미
모양이라는 말도 맞다.
물돌이동, 물돌이동,
섬은 아니지만
마을이 원형을 이룰 수밖에.
그 마을 한 가운데
삼신당을 중심으로
당당한 와가들과 초라한 초가들,
상류와 하류, 반상(班常)의 두 전통이
서로 꼬리물고 갈등하면서도
균형과 조화를 이루어 왔다니.
조선조 오백년의 풍상을 겪고도,
가까이는 일제와 해방과 한국전쟁 등
그 무서운 소용돌이 속에서도
용케 살아남아
여전히 평화로운 모습을 보이다니.
풍산 유씨(柳氏) 명문의 덕화 덕이런가.
오묘한 산수의 영향을 받아설까.
또는 하회 마을이
역사의 사각(死角)지대이었기 때문일까.

어쨌거나 하회가
관광객의 구경거리,
정지된 시간 속의 <민속마을>로만
남아서는 안 되리라.
전통이란 늘 살아서 숨쉬지 않을진대,
오늘에 새롭게 거듭 나지 못할진대,
죽은 것이나 다름이 없으니까.
하회 마을은 어떻게 될 것인가.
아마도 해답은
하회 별신굿 탈놀이에 있을 듯,
하회탈이 갖고 있는 해학과 풍자,
그 뛰어난 조형미(造形美)의 비밀 속에
있는 게 아닐까나.

병산서원(屛山書院) 만대루(晚對樓)

정문인 솟을대문, 복례문(復禮門) 들어서면
정면 7칸, 측면 2칸의 대규모 누각,
만대루 나타난다。와, 와, 와, 와,
그저 탄성을 연발할밖에 없다。

아름드리 두리기둥, 난간이 둘러쳐진
드넓은 누마루。뜰에서 그리로
올라가는 데도 통나무 계단이다。
사방팔방에서 바람은 무상출입。

거기서 바라보면 저만치 낙동강과
병산(屛山)의 전모가 한눈에 들어온다。
백사장의 운치 있는 소나무도 몇 그루。

이런 데서 수양하고 풍월을 읊은
유가(儒家)의 옛선비들, 알게 모르게
그들 또한 풍류도(風流道)의 감화를 받았거니。

도산서원(陶山書院)

칠십 평생을 지극 정성 공경으로
일관했던 퇴계 선생。겨레 만대의
정신적 사표(師表)。학식과 덕행의 온전한 일치。
님의 향훈 그리워서 도산서원 찾아왔다。

님이 몸소 지으시고 거처하시면서
제자들을 가르치신 암서헌(巖栖軒) 마루 위에
앉아보는 것만으로 나는 더 바랄 게 없었지만
한편 웬일로 허전해지는 마음……

「古人도 날 못보고 나도 古人 못뵈
 古人을 못뵈도 녀던 길 앞에 있네
 녀던 길 앞에 있거든 아니 녀고 어쩔꼬」

님으로 하여 참된 인간의 길
이미 이 땅 위에 밝혀진지 오래건만
왜 우리 후인들은 혼미를 일삼는지。

소수서원(紹修書院)

고려의 명신이자 주자학(朱子學) 전래자인
안향(安珦)을 모신 서원, 이 땅의 가장
오래 된 서원이고 최초의 사액(賜額)서원
이기도 한 소수서원 찾아가다.

원래는 큰 절터, (당간지주는
그래서 남은 것) 서원 문 앞의 소나무들은
천하의 일품이네. 수백년 묵은
늘씬한 장송들이 청정세계 이룸이여.

서원 옆으로 죽계천 흐르는데
이끼 낀 암벽엔 '白雲洞' 석자가
그 아랜 '敬'자가 새겨져 있다.

직방재(直方齋), 지락재(至樂齋), 일신재(日新齋) 등의
현판 보니 알겠구나. 옛 학인들은
참으로 겸허와 지성과 호학(好學)의 무리였음을.

다산초당(茶山艸堂)

운치있는, 큰 나무들이 빼곡이 들어찬
다산의 비탈길을 힘들게 올라가니,
짙은 녹음 속에 다산초당 나타난다.
차나무가 많아서 다산인 줄 알았더니.

초당 뒷쪽에는 해묵은 거송이 한 그루 있는데
그 아래 바위에 정다산이 손수 쓰고
새긴 두 글자, '丁石'이 눈에 띈다.
귀양살이 18년을 오히려 생산적인

저술활동으로 승화시킨 대석학,
다산의 얼이 그 각자(刻字)에서 지금도 결곡하게
뿜어져 나오고 있는 듯 싶구나.

천일각(天一閣)에 이르니 강진만 구강포의
확 트인 조망이 가슴을 씻어준다.
다산도 가끔 이곳에 와서 바라보지 않았을까.

청 령 포

삼면이 깊고 푸른 강물이요
일면은 험준한 암벽으로 막혔으니
그야말로 천옥(天獄)인데
그 안은 온통 울창한 노송림,
처음 단종(端宗)은 이곳으로 유배되다.

숙부 세조에게 왕위를 빼앗기고
노산군(魯山君)으로 강봉된 그가 이곳에 닿았을 때
소나무들은 일제히 요동하며 소리내 울었것다.
유지비각(遺址碑閣) 가리키며 어떤 소나무는
지금도 길게 구부린 몸을 세울 줄 모른다.

「東西三百尺　南北四百九十尺」
금표비(禁標碑)에 새겨진 접근 불허범위.
오늘날 사람들은 그냥 무심히 스쳐갈 뿐이지만
당시 열일곱 어린 단종 가슴은
얼마나 통한으로 멍들고 찢겼을까.

그러한 단종의 참상을 익히 보고
그러한 단종의 통곡을 익히 들어
알고도 남는다는 장송이 있으니, 이름하여 관음송(觀音松)

키가 어찌 큰지 그밖의 송림이 1층 높이라면
2층 높이이다. 군계일학(群鷄一鶴)이다.

오오 관음송, 너를 보니 알겠구나.
진실의 증인은, 어떠한 형태로든, 비록 아무리
세월이 흘러가도 엄연히 존재함을.
너의 그 우람한 몸매, 기묘한 가지 뻗음,
이럴 수는 없다는 듯 그 단호한 거부의 몸짓.

왕방연 시조비

폐위된 상왕 노산군이 유배될 때
멀리 강원 영월까지 호송했던
왕방연, 왕방연. 그는 괴로웠던
자신의 심정을 이렇게 노래했다.

천만리 머나먼 길에 고운 님 여의옵고
내 마음 둘 데 없어 냇가에 앉아이다
저 물도 내안 같도다 울어 밤길 예놋다

청령포 짙푸른 강물이 굽어뵈는
더없는 승지에 서 있는 시조비여.
이 마음도 어느덧 처연해지는 것이
왕방연이라도 된 것 같구나야.

다시 먼 후일, 이 시조비 몰라보게 마모되도
이곳에 발을 멈출 미래의 시인은
역시 구슬픈 심정에 잠길까나.
청령포는 넋 나간 듯 말이 없다.

관풍헌(觀風軒)과 자규루(子規樓)
-단종의 독백

청령포에서 홍수를 만나
관풍헌으로 옮긴 지도 여러 날.
청령포에선 관음송에 올라 앉아
생이별한 송비(宋妃) 생각에 잠기거나
낭떠러지 아래 시퍼런 강물 보며
시름을 달래 보기도 하였지만,
이곳엔 소나무도 강물도 없다.
있는 건 다만 쓸쓸한 바람뿐.
홀연 안 보이는 비수처럼 다가와서
가슴에 구멍 뚫곤
간 데가 없는 바람.
이젠 흘릴 피도 얼마 안 남은 듯.
이러다가 시들어 죽는 게 아닐까나.
아냐, 그렇다면 차라리 다행이지.
이 목을 눌러버릴 핍박의 손길은
시시각각 다가오고 있는 게 확실해.
그래도 요즘
이 마음 달래주는 새 벗이 생겼다면
다름아닌 소쩍새!
소쩍, 소쩍, 소쩍, 소쩍……

140

밤새껏 피 토하듯 처절히 울어예는.
아마 저 소쩍새는 이 마음 알지 몰라.
그래서 요즘은 낮에도 자주
자규루에 올라 가지.
그러면 이만치 청산이 다가오고
영락없이 소쩍새 울음이 들리니까.

장릉(莊陵)에서

왕위를 빼앗기고 노산군으로 강봉된 단종이
멀리 영월 청령포에 유폐된다. 마침내 서인(庶人)으로
낮춰진 끝에 사약이 내려지고, 그 시신은
동강에 버려진다. 그걸 영월호장(寧越戶長),
엄흥도(嚴興道)가 수습하여 동을지산 기슭에 암매장한다.
그 무덤이 장릉으로 복권된 건 이백사십년 뒤.

그런 비극의 파란을 말해주듯
장릉은 여느 왕릉과는 다르구나.
홍살문, 정자각, 봉분이 직선상에 놓이지 않고
따로 따로 외면하듯 있음이 그것.
단종 위해 목숨 바친 수많은 충절열사(忠節列士), 궁녀,
노비에 이르기까지 위패가 별도로 모셔진 것도.

잘 가꾸어진 장릉 가는 길 가
곱게 단풍든 나무 아래 풀밭에는
유치원 아이들이 소풍을 왔나 보다.
비명(非命)에 간 열일곱 단종에겐
그 울긋불긋 귀여운 아이들이 어떻게 비칠는지.
사시사철 이곳엔 참배객이 끓을 만도.   *

142

장릉 둘레엔 소나무가 적지 않다.
그 노송들이 일제히 읍하듯 능침을 둘러싸매
아주 숙연해진다고 들었지만,
오히려 옆 산의 빼곡한 소나무들
서로 다투어 발돋움해서인지
장릉 향해 두드러진 모습에서 감명을 받다.

영월의 은행나무

이 나라 어디에건 즈믄 해 묵은 거목이 있을진대
안 가보곤 못배긴다. 그래서 찾아 왔다.
영월의 은행나무, 그 거창한 몸집 앞에 서니
백발의 이 몸에도 힘이 솟는구나, 무궁한 힘이.

하늘과 땅 사이를 하나로 잇는 가교(架橋).
자라는 성전(聖殿). 늘 살아서 숨쉬는 탑(塔)일세.
하늘에 닿은 너는 나에게 하늘 말을
나는 너에게 사람 말을 전한다.

내 안에 스민 하늘 말은 혈액 되어 온몸을 돌다가
내 안의 드높은 지성소(至聖所)로 승화돼서
정련된 끝에 여의주 된다. 시(詩)의 구슬알.

네 안에 스민 사람 말은 수액 되어
네 몸 구석구석 가지로 잎으로 퍼져나가면서
금빛 신화(神話) 낳는다. 은빛 전설 낳는다.

경포대(鏡浦臺)

– 강릉 바닷가에 크나큰 호수 있다

단원(檀園)이 경포대를 그렸던 시절과도
지금은 엄청 달라진 게 사실이나,
바다는 바다요, 호수는 호수이리。
소나무는 소나무요, 버들은 버들이리。

바다에 달이 뜨니 호수에도 달이 뜨네。
님의 술잔 이내 술잔 그 속에도 달이 뜨네。
님의 눈동자에도 달은 빛나듯
이내 눈동자에도 달은 빛나리。

보라, 보라, 저 소나무 길게 누워있던
저 소나물 보아라。이리 비틀 저리 비틀
어깻짓하더니 차츰 신나게 춤추기 시작하네。

어와 좋을시고, 경포대 제일강산,
물새들도 잠 떨치고 호수에서 날아보라。
우리도 일어나서 손잡고 춤추리라。

청학선원(靑鶴仙院) 삼성궁(三聖宮)

해발 구백 고지
청학동에서 한 십오분쯤
청학의 인도 따라
숲향기 자욱한 오솔길 걸어야
그곳에 당도한다.
나로선 도무지 상상도 못했던 곳.
이끼 낀 돌과 나무들 사이
시원의 물이 흘러내리는 곳.
거기서 조금
그 맑은 물을 거슬러 올라가면
드디어 가 닿는다.
반만년전의 이 나라 개벽 모습,
환인(桓因) 하느님은
처음에 어떻게 이 땅을 열었으며
이 고요한 아침의 나라는
어떻게 무엇으로 그 뼈대를 세웠던가를
깨닫게 하는 곳. 겨레의 뿌리가
그 신비의 베일을 벗는 곳.

우선 단군성조(檀君聖祖)를 배알하고 싶은 이는
단군전 찾아가라.

146

마음을 비우고 그 앞에서 삼배하라.
한 번 큰 절을 올리고 나면
눈에서 우치의 비늘이 떨어지고
두 번 큰 절을 올리고 나면
몸에서 온갖 속기가 가셔지고
세 번 큰 절을 올리고 나면
자신이 어김없는 단군의 후손임을
부르짖는 피의 소리를 듣게 되리.
단군전에는 단군의 아버지
환웅(桓雄) 어른도 모셔져 있다.
그 앞에 가서도
다시 경건히 삼배를 올릴 일.

여기 저기 징검다리 또는 나무다리
자연스레 놓여있고
크고 작은 많은 돌탑들 눈에 띈다.
둥근 봉분 같은, 또는 원추형의
공들여 쌓은 돌탑들 위에는
역시 돌로 매우 정교한 상륜(相輪)을 얹었구나.
항아리 장독 등 오지그릇들이 있는가 하면
맷돌 돌절구 움집이 있고

기러기 앉아있는 솟대도 있다.
발이 세 개인 삼족오도 있다.
태극 모양으로 쌓은 돌 아래에는
큰 연못 있어 후련하기 짝이 없다.
소박한 인공과 자연이 상통하는
조화를 이루다。운치가 있다.
아주 풍요로운 가난이 서려 있다.
밝고 환한 따듯한 너그러움。

겨레의 지성소(至聖所) 백두산에서부터
남으로 흘러내린 이땅의 등뼈,
백두대간(白頭大幹)의 마지막 거점이 지리산일진대
그 주봉인 천왕봉(天王峯) 정기는
곧바로 백두산 정기나 다름없다.
곧바로 이 나라 배달겨레 정기이다.
그 천왕봉 정기가 마지막
삼신봉 거쳐 흘러내린 곳이
바로 이 청학동 삼성궁이로구나.

그때 홀연히 동녘 하늘에서
금빛 찬란한 햇살이 쏟아진다.

148

시름시름 내리던 장마비 함께
무겁게 드리웠던 먹구름들은 어디로 사라졌나.

오천년 역사도
단숨에 어디론가 구름처럼 사라지고
지금 눈 앞에 전개되는 것은
신단수(神檀樹) 아래 신시(神市)의 모습인가.
그 거룩한 처음의 모습,
천·지·인(天·地·人) 삼재(三才)가
물샐틈없는 균형과 조화로
홍익인간(弘益人間)·이화세계(理化世界) 이념을 구현했던.
그 고요한 아침의 나라.
그것은 겨레의 과거인 동시에
현재이자 미래임을 분명 깨닫겠네.

이윽고 천궁(天宮)에서
나는 마침내 환인(桓因) 하느님을
배알할 수 있었거니.
신비의 베일이라기보다
신비의 구름
신비의 구름이라기보다

신비의 빛살
그 속에 그분은 의연히 계셨거니.

      *

귀로에 들어서며
나는 곰곰 이렇게 생각했다.
겨레의 뿌리를 되새겨주는
참 교육의 장,
삼한 시대에 천신을 제사지낸 지역을 일컫던
이른바 소도(蘇塗)의 현대적 재현,
이 성지는 아직도 미완이다.
언제 완성될지 짐작을 불허한다.
삼성을 모신 사당은 사실상
많이 미흡하고 하자가 눈에 띈다.
하지만 이미 이룩해 놓은
성취만 가지고도
그 발상과 택지를 감안할 때
훌륭한 업적이다.
더구나 그것이 한 개인의

원력에 의한 것이라니 놀랍구나.
하지만 이젠 개인의 한계를
아득히 뛰어넘은 대사업인 것이다.
중지(衆智)를 모아 정성을 다해
겨레 전체의 꽃으로 가꾸어 갈
필요를 절감한다.
홍익인간 · 이화세계
이런 건국이념을 널리 되새기고
길이 후손들에게 선양하기 위해서도.

단기 4331년 7월 7일

참 성 단

하늘과 땅의 혼인에서 태어나신
최초의 인간,
단군성조께선
당신의 근본이 하늘임을 아시기에
하늘 제사를 제일로 받드시다。

이 땅에서도
제일로 청정하고 제일로 좋은
기를 뿜는 곳,
강화도 마니산에
참성단 마련하고
하늘 제사 지내심은
하늘 · 땅 · 사람이 기실 하나임을
증명하심이네。
홍익인간 · 이화세계 이념의 다짐이며
그 나투심이네。

                *

오늘 우리 배달 겨레 후손이 모여
참성단에서 하늘 제사 올림은

하늘로 돌아가신 단군성조께
귀의하고 예배하여
새로운 힘을 얻고자 함이렷다.

하지만 명심하세
단군성조께선
결코 하늘에만 계신 게 아님을.
하늘·땅·사람 속에
두루두루 구석구석 퍼져 계심을.
하늘·땅에 대한 외경을 잃을 때
사람은 자멸하고 만다는 것을.
사람은 부단한 자기혁신 속에서만
하늘·땅과 더불어 하나 되는 사랑과
자유를 누릴 수 있다는 것을.

마니산 참성단

우리 배달 겨레
반만년 역사의
살아있는 뿌리를 보신 적 있습니까?

강화도 마니산 정상에 가십시오.
마냥 끝없이 가파른 돌계단
오르는 것이 힘드시다구요?
겁내지 마시고 쉬엄쉬엄 오르세요.
이 나라에서 제일 좋은 기를
뿜고 있는 흙과 바위와 울창한 녹음 속
은싸락 금싸락 마시며 걷는 일이,
평생 잊지못할 삼림욕 하며
바람의 촉수로 얼굴의 땀방울과
마음 때 말끔히 가시게 하는 일이
싫다면 모르지만.

드디어 당신이 정상에 오르면
모든 것을 단숨에 알게 되죠.
당신은 눈에서 비늘이 떨어지고
몸이 날아갈 듯 가벼워질 겁니다.   *

겸허한 마음으로 정성을 다해
당신 눈 앞의 참성단을 보십시오.
그 화강암 살갗이 갖고 있는
빛깔을 유심히 살펴 보십시오.
아니 손으로 어루만져 보십시오.
그것이 바로 우리 배달 겨레
반만년 역사의 뿌리인 것입니다.
그 뿌리의 빛깔이며, 체온이며
숨결인 것입니다.
그 뿌리는 천상천하를 꿰뚫고 있습니다.
겨레의 과거와 현재와 미래가
하나로 꿰뚫려 있는 까닭이죠.
우리의 뿌리는 땅에도 있거니와
하늘에도 있습니다.
온 우주의, 생명의 축입니다.

'홍익인간'이란 인간뿐 아니라
널리 중생을 이롭게 한다는 뜻,
'이화세계'란
땅을 하늘 닮게 하려는 것입니다.
달리 말하자면

하늘 · 땅 · 사람의
균형과 조화를 이루려는 것입니다.

우리 배달 겨레 뿐만이 아니라
지상의 모든 목숨이 있는 것들
중생이 다 천손이란 것을
우리는 믿어 의심하지 맙시다.

나의 뿌리, 당신의 뿌리,
우리 배달 겨레의 뿌리,
아니 모든 중생의 뿌리,
삼라만상의 뿌리는 이렇듯
땅에도 있거니와 하늘에도 있기에
하늘 · 땅 · 사람이
기실은 하나임을
깨닫고 믿고 터득하고 있는
우리 환한 배달 겨레 만세.
한국인 만세.

156

괘릉의 아름다움

시공(時空) 속에 있으면서 시공을 초월한
완벽한 아름다움。그것을 어떻게 시에다 담으랴?
다만 그 앞에선 탈혼(脫魂)이 된 채 보고 또 볼일이다。
상처는 아물고 순간은 영원이 되도록 말일세。

註·괘릉은 신라 제 38대 원성왕(785~798)의 능으로 추정되나
　확실하지는 않다. 경주 외동읍 괘릉리에 있다. 사적 제26호.

설악산 오세암(五歲庵)

오세암 정면엔 사자봉 셋이 있어
늘 침묵의 사자후를 들려 준다.
앞발을 들어올린 사자의 등인 양
깎아지른 암벽에도 뿌리 내린 소나무들

한껏 묘기를 부리고 있다.
후면엔 기암괴석 칠성 병풍암이
내설악 영기를 뿜고 있구나.
이런 천연의 철옹성이 오세암.

상공에서 부감하면
꼭 연꽃이 반쯤 열린 형상,
관세음보살의 상주처임 분명하다.

아무렴 관음님의 가피력 없었던들
어찌 그 옛날 다섯 살 동자가 홀로 한해 겨울
엄동설한을 거뜬히 났을라구, 성불했을라구.

정안사(正眼寺)

해인사 백련암 서울 선원인
정안사 아십니까
동작구 사당동 주택가에 있습니다

개인의 저택이
구석구석 쓸모 있고 운치 있는
시중 사찰로 둔갑할 줄이야

성철(性徹)스님의 대형 사진도 걸려있는
큰 법당 옆에는
심산유곡 같은 선방이 있고

멀리 들쭉날쭉 관악 정상의 굴곡선 보이는
뜰 한구석엔
새로 지은 육모정 진진당(眞眞堂) 있습니다

마음 비우고 그 안에서 좌정하면
어디선가 맑은 대바람 소리 일고
풀밭 위의 자연석 다층 석탑이

허공 중에 떠 오르죠
일감 주지 스님의 세련된 선감각(禪感覺)과
심미안(審美眼)은 그뿐이 아닙니다

살풍경인 콘크리트 차고가 하루 아침
자연친화적 그윽한 분위기의
다실로 바뀌는 이적도 낳았어요

그중 놀라운 건
입구의 엄청 큰 대자(大字) 현판이죠
석도(夕濤)의 해서인데

금빛 찬란한 正眼寺 석자 앞에
일단 서서 시선을 모으면
누구든 그 자리를 떠날 수 없습니다

겹겹이 끼어 있는 비늘이 눈에서
떨어지고 떨어져서
마침내 정안이 열리기 전엔

_____

註 · 夕濤는 그림에도 능한 兪衡在 서예가의 아호임.

160

오월 어느날

오월 어느 날

강진에서 일박하셨으니
아침엔 일찍 영랑(永郎) 생가를
둘러볼 일이라는 아낙네 말씀.
나는 묵묵히 고개를 끄덕였다.
햇빛은 은싸락, 공기는 감로인데
어찌 발길이 가볍지 않으리오.
볕바른 언덕 중턱
널찍한 터에,
영랑 생가는 초가로 복원되어
운치가 있구나.
둘레엔 은행나무 거목을 비롯해서
자목련, 목백일홍, 대나무, 소나무 등
나무도 많거니와
진홍의 모란이 여기 저기 만개해서
눈물나게 아름답다.
코를 갖다대니, 지잉 뼛속까지
스미는 향기……
선덕여왕이 모란을 향기 없는
꽃으로 알았다면
그건 그림 속의 꽃만 봤기 때문.
모란의 시인, 영랑 생가에서

때마침 모란의 사태를 만나다니。
당연한 일이면서
그건 매우 드문 축복임에 틀림없다。
그렇다, 아무쪼록
이곳의 모란만은 삼백예순 날
마냥 지지 않는 모란이길 바라노라。
영랑만큼 모란의 아름다움,
그 무상(無常)과 영화(榮華)의 뜻을
깊이 깨우쳤던 시인이 있었을까。
달랠 길 없는 망국한(亡國恨)을
오직 덧없는 모란에 실어,
더없이 절묘하게 노래했던 시인이여。
참 영랑은 화랑사선(花郎四仙) 중에
'永郞'이 있었음을 알고 있었을까。
알고 있었겠지。
그리하여 '영원한 청춘'이고 싶어,
자신의 아호로 정했던 것이리라。
이 땅에 해마다 모란이 피는 한,
모란의 시인, 영랑은 찬란하리。

한용운송(韓龍雲頌)

I

민족의 삶터인
조국을 빼앗기고
2000만 동포가 노예로 전락했던
시대의 아들로서
참담한 숙명을 가장 치열하게 살았던 당신.
캄캄절벽의 감옥에 있을 때도
당신은 침묵으로 사자후하였거니。
피눈물 어린 '독립선언이유서'의
문자는 날아올라 빛뿜고 춤추매
순간 옥중은 대낮처럼 환했었다。

「人生生活의 目的은 眞自由에 있으니 자유가 無한
生活이 무슨 趣味가 있으며 무슨 快樂이 있으리오。
自由를 얻기 위하여는 무슨 代價도 不惜하나니
곧 生命을 賭하여도 辭하지 아니할지라。日本이
朝鮮을 合倂한 後로 壓迫 또 壓迫 一動一靜
一語一默에 壓迫을 加하여 自由의 生氣는 一毫도
없은즉 血性이 없는 惰力物이 아닌 바에
어찌 此를 忍受하리요。一人의 自由를 失하여도
天壤의 和氣를 損할지니 어찌 二千萬의 自由를

164

抹殺함이 是와 如히 甚하리요。朝鮮人의 獨立을
可히 侵치 못하리로다」

  2

조국의 광복을
불과 1 년 앞두고 당신은 눈감았다.
파란만장의 생애를 마감했다.
그러나 당신은 여한이 없었으리.
오히려 소소영령(昭昭靈靈)하였으리.

이미 살아생전에
당신은 수없이 거듭거듭 깨달음을
강화하였기에. 실천에 옮겼기에.
당신의 생애는 곧 보살행의 연속이었기에.
무시무처선(無時無處禪)의 화신으로 살았기에.

신·어·의·업(身·語·意·業)이
당신처럼 하나로 꿰뚫릴 수는 없다.
당신 안에서 선승(禪僧)과 혁명가와 시인은 하나다.
어둡고 궁핍했던 시대의 시련은
당신을 불멸의 옥으로 만들었다.   *

무소불능의 여의주로 만들었다.
협잡의 티끌은 근접도 못하게
여의주에는 오직 투철한 본질만 숨쉴 따름.
그것은 다름아닌 사랑과 자유,
무궁무진한 생명의 핵(核)이라네.

조국과 민족이 존망위기에 처했을 때에
희망의 예언자로, 수호령으로 소리칠 수 있었던 건
당신이 시종 본질에만 투철했기 때문이다.
「최후의 일인까지 최후의 일각까지
정당한 의사를 쾌히 발표하라」

　3
당신이 세상을 하직한 지도
반세기가 넘었군요.
세상은 엄청 달라진 게 사실이나
우리는 여전히 중심을 못가누고
자주 본질에서의 일탈을 일삼는
어리석은 자손이죠.
그래도 가끔 마음을 비우고
당신을 돌아볼 땐

된통 뒤통수를 얻어맞는 느낌예요.
눈에선 번번이 비늘이 떨어져요.
뇌성벽력 같은 침묵의 사자후,
황금의 목소리가 들리는 까닭이죠.

이제 우리는 깨닫는 것입니다.
당신 한몸이 그대로 님이자 중생이며
불멸의 조국이라는 것을.
당신은 님과 이별해 본 적도 없다는 것을.

  4
당신은 시인으로 독자들 앞에 보이는 것을
부끄러워하였지만,
천만의 말씀.
「님의 침묵」 한 권에는
동서고금의 어떤 천재 못지않게
최고의 시의 기법
은유와 상징, 역설과 반어가
절묘하게 짜여져 있는 걸요.

당신의 언어는
순수무구한 연꽃처럼 부드럽고
봄의 실비처럼 섬세하면서도
홍보석의 단단함과 광휘를 지녔어요.

그런 언어로 사원(寺院)을 지었으니
어찌 그것이 무너진다거나
낡을 수 있겠어요.
더구나 그 안엔
더없이 신령한 삶의 여의주,
사랑과 자유라는 삶의 핵이
모셔져 있음에랴.

당신이 지은 언어의 사원,
그것은 바로 당신 자신의 영혼의 구조예요.

보라, 저 캄캄한 천공에서
스스로 빛뿜는 여의주 하나.

김달진(金達鎭) 생가 방문

바다는 어디에 꼭꼭 숨었는지
보이지 않았지만,
산들이 에워싸듯 둘러쳐져 있어
한결 아늑한 마을 한가운데
녹색 일산(日傘)처럼 펼쳐져 있는
당산나무 보아하니
생가는 그 아래쯤 될 듯하다.

일대는 하마 공기부터 다르구나.
햇살은 금싸락 은싸락이로구나.
벽공의 흰 둥실둥실 구름들은
하늘 목장의 백양떼 같구나.
보이지 않는 바다도 미풍을
보내고 있음을 느껴서 알겠구나.

대문은 활짝 열려져 있다.
집은 크지 않지만
(생가는 헐리고 다시 지은 것일 터……)
현재의 주인은 특별히 식물애호가인 듯
옛날 그대로일 넓은 뜰 안을
구석구석 화분과 분재로 메워놓다.

초목의 푸르름이 칠칠 넘쳐 흐르고 있다.

그 중 눈길 끄는 것은
큰 감나무 몇 그루인데
때마침 청시(靑柿)철
진초록 잎들 사이 연초록 감알들이
주렁주렁 열려 있다.
김달진 시인은 그걸 그의 시「靑柿」에서
이렇게 표현했지.
「살찐 暗綠色 잎새 속으로
보이는 열매는 아직 푸르다」

불현듯 이곳이 그의 생가라는
실감이 드는구나.
이곳에서 태어나서 이곳의 맑은 하늘과 바람
이슬을 마시면서 잔 뼈가 굵어졌을
시인은 어느 날 청시에 눈 주며
마치 처음으로 그것을 발견한 듯
떨지 않았을까.

김삿갓 무덤

길을 잘못 들어 한 시간쯤 헤맨 끝에
겨우 깃삿갓 무덤에 당도하다.
영월 오지인데 이런 곳이 있었던가.
쨍 하고 볕드는, 산자락 아늑한 곳.

평생을 하루같이 죽장에 삿갓 쓰고
방랑 삼천리를 일삼던 시인의
마지막 안식처로 이곳은 더없는
명당자리임을 한눈에 알겠구나.

세상을 뜨기 전의 김삿갓 유작시는
정말 눈물없이 읽을 수 없다.
「새도 짐승도 제 집이 있는데
나는 한평생 혼자서 쓸쓸히 슬퍼하였다네」

「기구한 팔자라 천대만 받다 보니
흐르는 세월 속에 흰 머리만 늘었구나
돌아가기도 머물기도 어려운 나그네 신세
그냥 몇 날이고 길가에서 떠돌았소」   *

약관의 그가 쓴 시, 백일장에서 장원급제했지.
천인공노할 역신(逆臣) 김익순(金益淳)을 마음껏 단죄하고
질타하고 매도했던, 거기까진 좋았으나,
그 김익순이 다름아닌 자신의 친조부일 줄이야.

대낮이 삽시간에 암흑으로 바뀌었다.
희망의 상승이 절망의 추락으로.
콧구멍 털구멍이 일시에 막히더니
심신이 그대로 혹독한 무간지옥(無間地獄).

식음을 전폐한 며칠의 오뇌 끝에
그가 결행한 건 무조건 나가는 일.
홀어미도 처자도 헌 신짝처럼 내버려두고
집 밖으로 홀로 뛰쳐나가는 일.

죽장에 삿갓 쓰고 걷고 또 걸었지.
삼천리 방방곡곡 주막에서 주막으로,
또는 서당이나 있는 집 행랑방,
또는 절간이나 버려진 헛간으로.   *

172

하룻밤 잠자리와 한끼의 국밥 위해
그는 아낌없이 시재(詩才)를 날리었다.
피눈물 스민 말을 기상천외의
풍자시로 둔갑시켜 야박한 인심과

허위에 찬 세상을 조롱했다.
반어(反語)와 해학은 이제 그의 노리개
아니, 슬픈 생활의 수단이 되었거니.
김삿갓에게 있어 시란 무엇인가.

노리개? 생활수단? 하염없는 신세타령?
그렇기도 할 것이다. 하지만 실은
시 쓰는 일만이 그의 유일한 자유에의 길이었다.
저주받은 비운의 시인에게 있어서는.

그는 참으로 많은 시를 썼다.
이제 무덤 속 열반에 들어있는
시인에게 묻노니
진정 그대의 득의작(得意作)은 무엇인가.   *

173

그는 그러나 묵묵부답이다.
짐작컨대 그것은 그의 금강산시(金剛山詩)
무아무위(無我無爲)의 자연 시편 아닐까나.
「松松栢栢岩岩廻　水水山山處處奇」

산 넘고 물 건너 무궁무진 이어지던
감삿갓 방랑길이,「詩仙蘭皐金炳淵之墓」
여기서 끝나는가. 전에는 이런 비석이 없었는데
근자에 그의 후손이 세웠단다.

어쨌거나 지금 이곳 무덤은 아름답다.
본래 있어 온 건 이런 평화와 안식이 깃든
광명천지 뿐, 파란곡절은 없는 것이라고
무덤은 말해주고 있는 것 같구나.

김삿갓을 구원한 것은……

김삿갓을 구원한 것은 나그네 길이었다.
       한 발 가면 산이 섰고
       두 발 가면 물이 쏼쏼
       흐르는 자연, 꽃 피고 새 우는 길。
       꿀보다 단 이 땅의 대기였다。
       해돋이와 해넘이의 찬란한 눈부심,
       그 장엄 속 숨쉬는 고요였다。
       생멸이 자재로운
       하이얀 구름에 눈맞추는 일이었다。
       송사리들 헤엄치는
       찬 냇물에 발 담그는 일이었다。
       보이지 않게 공중을 떠 흐르는
       매향의 강물 소리를 듣고
       다시 발길을 재촉하는 일이었다。
       닳고 닳아 수없이 버려진
       짚신들은 알지 몰라
       그가 얼마나 홀로 걷는 길,
       나그네 길을 사랑했는가를。

김삿갓을 구원한 것은 한 잔의 술이었다.
       쌓인 피로와 울적을 일시에

가시게 하는 막걸리 맛이었다.
친절한 주모의 따듯한 눈짓.
솔솔 불어오는 일모의 바람.
찌든 오장은 생기를 되찾고
얼굴의 주름살들 어느덧 지워지는
막걸리 두 사발엔
시흥이 일곤 했다.

김삿갓을 구원한 것은 시 쓰는 일이었다.
도사가 귀신들을 마음껏 부리듯
또는 장군이 졸들을 길들이듯
그는 말들을 철저히 조련했다.
하여 시를 통해 자유를 누렸다.
희대의 재능과 문장을 지녔지만
신분상승의 기회를 박탈당한,
오직 숨어서 평생을 살아야 할
운명의 기구함이 시로 승화했다.
해학과 풍자가 일세를 풍미했다.
하지만 때로는 어쩔 수 없이
가슴 짓누르는 무거운 비애,
숙명의 그림자,

아무리 팔도강산을 누빈대도
빠져나갈 길이 없는 지평선처럼
가슴 조여오는 한에 사무쳐서
신세타령에 빠지기도 하였거니.

김삿갓을 구원한 것은 자연과의 친화였다.
오직 자연만이
무차별 무분별의 절대평등으로
뭇 인간들을 대해주는 것이었다.
아니 인간들이
얼마만큼 아집과 탐욕을 버리느냐
얼마만큼 애증의 굴레를 벗어나서
맑은 거울처럼 마음을 비우느냐
거기에 따라서
자연은 시시각각 경이로 다가왔다.
기적이 아닌 현상이 없었다.
자연의 품속에서 그는 어쩌면
자신도 모르게 투명해지고 있는 것이었다.
나무를 보면 나무가 되고
바위를 보면 바위가 되었다.
방랑중인 그를 용케 찾아내어

177

귀가를 간청하는 아들의 눈에조차
그가 다음 순간 안 보이는 것이었다.
청천백일하에 보이는 것이라곤
나무와 바위와 흐르는 물과
무성한 풀의 적막뿐이었다.

백팔달마찬(百八達磨讚)

– 夕壽의 百八達磨展에 붙여서

1

진흙 속 어두운 연근(蓮根)에서
순수무구한 백련이 피어나듯
눈도 코도 없는 백팔번뇌에서
백팔보리의 눈 푸른 납자, 달마가 출현하다.

달마로 가득 찬 삼천대천세계(三千大千世界),
정법묘심(正法妙心)의 향기가 진동하네.

2

양(梁)나라 무제(武帝)가 달마에게 묻기를
「짐이 즉위한 이래
절 짓고
사경(寫經)하고
스님네에게 공양을 올리는 등
수없이 많은 불사를 해왔는데
그 공덕이 얼마나 되는지요?」
달마가 말하기를
「공덕 될 게 없습니다」
「무슨 뜻이지요?」

「그러한 일들은
비유컨대 형체에 따르는 그림자 같아서
비록 있기는 하나
실체가 아닌 것과 같습니다」
「그렇다면 어떤 것이 참된 공덕입니까?」
「진정한 공덕이란 텅 비어 있어
청정하고 원융한 지혜를 말하는데,
이것은 세속적 방법으로는
얻을 수 없습니다」
무제는 도무지 망연할 뿐이어서
또다시 묻는다.
「어떠한 것이 거룩한 불법의
근본 뜻입니까?」
「근본자체가 공적(空寂)하여
거룩하다고 할 것도 없습니다」
「그러면 짐을 대하고 있는 당신은 누구지요?」
「모릅니다」
무제는 된통 뒤통수를 얻어맞은 느낌이 들었다.

3
달마는 아직도
전법의 시기가 먼 것을 간파한다.
양자강 건너 은신처 찾아
숭산 소림사(少林寺)로。

양자강은 차라리
망망대해거늘。

갈댓잎 깔고
달마는 태연히 그 위에 올라선다。
그 위풍당당함,
주장자 짚고 허공을 응시한다。
빠지기는커녕
바다 위에 솟아있는
수미산인 양하다。

거의 순식간에 피안에 가 닿는다。

4

저 사람 앉은뱅이 된 거 아냐?
벌써 구년째 면벽좌선이니.
잠도 안 잔다구. 낮이나 밤이나
저렇게 부릅뜨고 있는데 말야
벽에 구멍이 안 뚫린 게 이상하지.
혹시 영영 바보 된 게 아닐까?
자네 용기 있으면 살금살금 저 사람
뒤로 가서 대머릴 한 번 두들겨 보게나.
목탁 소리가 날지도 몰라.
에끼, 이 사람 못할 말이 없구면.

*

해가 뜨고 해가 져도
꽃 피고 새 울어도
달마의 면벽좌선(面壁坐禪)에는 흐트러짐이 없다.
천둥번개 치며 폭우가 쏟아지건
또는 백설이 천지를 휘덮건
달마의 둘숨 날숨에는 변화가 없다.
달마의 침묵

182

달마의 요지부동
그의 볼기 밑으로는 뿌리가 내린 걸까
어쩌면 땅 속 구천(九泉)에까지。
허리 꼿꼿하게 앉아있는 뒷모습은
꼭 이끼 낀 바위와 같다。
달마의 진면목(眞面目)
그것은 그의 크게 뜬 두 눈이다。
형형한 눈빛이다。
그의 정안정시(正眼正視) 앞에
그의 영성적(靈性的) 투시력(透視力) 앞에
그 본질을 드러내지 아니하는
인 · 사 · 물(人 · 事 · 物) 현상은 하나도 없다。
달마는 보는 사람
달마는 보는 사람
달마의 눈은
이제 시공을 초월해 있다。

5

당대무비의 석학 승려 신광(神光)은
벽관달마(壁觀達磨)의 소문을 듣고,
굳게 결심한다 달마를 찾아가리.
더구나 그의 존재의 뿌리를
근원적으로 뒤흔들어 놓았던 건
무제와 달마와의 벼랑 끝 문답.
어떤 불가사의한 섬광이 번뜩이는
달마의 지혜 찾아
달려가리 소림사로, 불원천리하고.

저만치 석굴 안의
면벽좌선하는 달마를 향해
신광은 정중히 삼배를 올리고 법을 물었다.
그런데도 달마는 묵묵부답이다.
전혀 거들떠보지도 않는다.

해는 저물고 날씨가 흐리더니
삭풍에 함박눈이 휘날리기 시작했다.
이내 천지가 하얗게 덮이었다.
눈은 밤새 내리고 쌓여 다음 날 새벽에는

그의 허리까지 묻히고 말았다.

그는 이제 온통 눈사람인 것이다.

뼛골을 파고 드는 풍설(風雪)의 추위,

그걸 선채로 감내케 하였던 건

그의 끓고 타는 구도의 일념.

무쇠라도 녹일 듯한 구도의 일편단심.

마침내 달마는 신광에게 고개를 돌린다.

눈빛이 화살 같다.

「그대는 어찌하여

그렇듯 오래 눈 속에 서 있는가?」

「예, 저를 제자로 거두어 주옵소서.

큰스님의 자비로운 감로법문(甘露法門)으로

저의 미혹을 깨우쳐 주옵소서」

그러자 추상 같은 소리가 떨어졌다.

「부처님의 무상도(無上道)를 이루기 위해서는

아주 오랜 세월에 걸쳐

목숨을 내던지는 각오와 정진이

따라야 하는 법.

어찌 소덕소지(小德小智)의 만심을 가지고

무상묘도(無上妙道)를 얻고자 하는가?」

신광은 차고 있던 칼을 꺼내더니
단숨에 왼팔을 절단하는 것이었다.
둑둑 선혈이 백설을 물들였다。
그것은 신광의 결의의 표시였다。

하지만 그는 여전히 마음이 놓이지 않았다。
「저의 마음이 아직 편안하지 못합니다。
제발 큰스님께서
저의 마음을 안정시켜 주옵소서」
「그 불안한 마음을 당장
내게로 가져오게。
내 그대 마음을 안정시켜 주겠네」
신광은 한참 말이 없더니
이렇게 답하였다。
「아무리 찾아도 마음은 볼 수도
만질·수도 없으니
가져갈 수 없습니다」
「그러면 되었어。
내가 그대 마음을 안정시켜 주었네」   *

그 순간 신광은 활연이 대오(大悟)했다
자신의 불안하던 마음은 실상
진심(眞心)이 아니라 일종 허깨비였다는 것을.
진심이란 항상 안정되어 있는 것을.
본래부터 밝고 신령스러우며
일찍이 난 적도 죽은 적도 없음을.
이름도 모양도 지울 수 없다는 걸.

신광은 이리하여
마침내 달마의 수제자 되었고
혜가(慧可)의 법명으로
부처님 혜명(慧命)을 잇게 되었다.
중국선종(中國禪宗) 이조(二祖)로
길이 후세의 추앙을 받고 있다.

　　6
달마가 입적하자
웅이산에 매장하고
정림사(定林寺)에는 탑을 세웠음.
삼년 뒤
후위(後魏)나라 효명제(孝明帝)의 사신,

송운(宋雲)이 서역을 다녀오는데
총령에서 달마를 만났음.
이상하게 신 한 짝을 들고 있었으며
홀로 가볍게 훌훌 날아가듯
가는 걸 보고 말을 건네었음.
「스님 어디로 가시는 길입니까?」
「서천축으로 가는 길일세」 하더니 이어서
「그대의 임금은 이미 세상을 하직하였소」
송운이 망연하여 돌아와보니
과연 그 일은 사실이었음.
효장(孝莊)이 다음 황제로서 등극해 있는지라
송운이 겪은 일을 자세히 아뢰었음.
달마의 무덤을 파보게 하였던 바
빈 관 속에는 신발 한 짝만이
남아 있었다 함.

후세에 이르러
송(宋)나라는 달마에게
원각대사(圓覺大師)라는 시호를 내렸고
탑에는 공관(空觀)이란 이름을 붙였음.

7

갈대 한 가지 맑은 물에 띄우고
가벼운 바람에 나는 듯이 오시네
달마의 한 쌍 푸른 눈 앞엔
천 불도 한 움큼 먼지일 뿐일세

蘆泛淸波上
輕風拂拂來
胡僧雙碧眼
千佛一塵埃

이는 청허선사(淸虛禪師)의 멋진 달마찬(達磨讚).

그렇다, 달마는 지금도 여전히
갈댓잎 타고 강 건너 오고 있다.
또는 지금도 여전히 면벽좌선을 하고 있다.
그의 한 쌍 벽안(碧眼) 앞엔
천불(千佛)도 한 움큼 먼지일 뿐이라니!
더 무슨 말을 보탤 수 있으리오.

보자르 트리오

음악으로 엮어짠 절묘한 보석이다
하지만 눈으로 볼 수는 없다
완벽하게 투명한 까닭이다
손으로 그것을 만져볼 수도 없다
온몸온맘으로 귀기울이는 이의 영혼의 그릇
거기에만 알뜰살뜰 담길 수 있다
그러기에 신비한 영혼의 감촉만이
보석의 구조를 깨닫고 전율한다

마르크 샤갈, 당신을 찬미한다

마르크 샤갈
당신의 그림은 너무도 아름답다
너무도 찬란하고
너무도 황홀하다
참으로 끝내주는
멋진 환상들로 충만해 있다

서로 껴안은
연인(戀人)들이 유성(流星)처럼
공중을 날아간다
꽃다발을 기도하듯
또는 헌정하듯 치켜든 물고기
말 위의 어릿광대
지붕을 뚫고
하늘로 솟은 거대한 황소 머리
거꾸로 놓인 집들
쫓기는 유태인들
느닷없이 추락하는
천사(天使)의 붉은 비명(悲鳴)
촛불을 켜든
경건한 비둘기

야곱의 사다리
부활한 십자가(十字架)
어린 산양(山羊)이 허공에 떠있다
상체는 여인인데
하체는 닭이다
한 얼굴이면서도
한 쪽은 벨라이고 한 쪽은 샤갈
우산을 받은 청어
닭 속의 바이얼린
꽃다발을 품에 안고
반쯤 넋 나간 청색의 당나귀
공중에 솟은
빨간 머리 인어(人魚)
몸 전체가 첼로로 바뀐
여인이 서서 음악을 연주한다
푸른 옷 입은
흰 말도 한 마리
의자에 앉아
바이얼린을 켜고 있다
하늘엔 별인 양
향기를 뿜는 화초(花草)

꿈꾸는 보름달
머리끝에서 발끝까지
새빨간 수탉
하늘을 나는 썰매
천사의 나팔 소리
흔들이 시계

하지만 그것들은
결코 단순한 환상이 아니다
기상천외(奇想天外)의 우연이 아니다
샤갈의 깊은 내면에서 우러나온
영혼의 밑바닥을 뚫고 나온
필연의 실재(實在)들
심상풍경(心象風景)들
영원의 액틀 속에
포착된 까닭으로
이제 다시는 사라질 수도 없는
칠색의 무지개들
샤갈의 피땀에서 피어난 꽃다발들
그러기에 그것들은
더없이 신선하다

더없이 향기롭다
더없이 신비롭다
더없이 영묘(靈妙)한 광채에 싸여 있다

마르크 샤갈
초차원(超次元) 예술가
당신은 육안으론 그림을 안 그렸다
오직 확실한 영혼의 눈을 통해
인·사·물(人·事·物) 현상의 본질을 투시했고
오직 확실한 영혼의 귀를 통해
모든 안 들리는 소리를 들었으며
오직 확실한 영혼의 손을 통해
가장 근원적인 사물의 모습과
그것들의 순수연관까지 그렸거니

마르크 샤갈
제2의 창조자여
전혀 새로운 조화의 발견자여
몸살을 앓는 지구
상처 받은 인류에게
꿈과 사랑과 평화의 메시지를

안겨준 예언자여
미(美)의 사제(司祭)여
위대한 화가이자 시인인 당신
영혼의 투시자(透視者)
색채의 연금술사
비젼의 대가여
당신을 찬미한다
당신을 찬미한다

이노우에 유이찌(井上有一)의 빈(貧)은……

더는 뺄 것도 보탤 것도 없을 때의 당신의 자화상.
당신의 진면목. '貧'은 무궁한 에너지 자체.
시작 안에 종말 있고, 종말 안에 시작 있는
생명의 자기확인. 貧, 貧, 貧, 貧……
일체의 가식과 위선을 물리치고
본질만으로 평생을 살아낸 인간의 드라마.
'貧'은 때로 당신을 '骨'만 남게 하였다가
'花'로서 피어나게 또는 '鳥'로서 하늘을 날게
하기도 하였지만, 결국엔 다시 지상을 어정어정
걷는 인간으로, 즉 '貧'으로 돌아오게 하였거니.
길에서 태어나서 길에서 죽은 붓다,
또는 맨발로 척박한 땅과 바다를 걸어다닌
예수를 보아도 알 수 있지. 그 마음이
가난한 자라야 비로소 지복을 누릴 수 있음을.
부단한 극복과 정화를 통해 자신을 끝까지
추구할 수 있었기에 더없이 아름다운
당신의 비결 또한 수빈일관(守貧一貫)에 있었음을 알겠네.
'貧'은 바로 가시화된 당신 자신의 영혼의 구조.

註 · 이노우에 유이찌(1916-1985) 현대일본의 가장 주목 받는
전위 서예가. '貧'은 그의 유명한 대표적 一字서예.

196

호랑이의 꿈
– 이대박물관 앞뜰의 돌호랑이

1
호랑아호랑아
히죽이웃는듯한
그것도돌호랑아
너참잘생겼다

2
귀밑까지길게벌어진입사이
가지런한이빨들도
무섭지않아
피아노의건반을누르듯
만져보고싶었으나
꾹참았다
주먹코양켠의
두크나큰눈망울에서
순간번뜩이는섬광이일었기에

3
너의긴등허리에
올라타도좋을까나
하지만차마그럴수가없구나
너는아무래도사람이되다만호랑이의후예같다
옛날태곳적곰과함께
사람이되길원해쑥과마늘먹은건사실이나
캄캄한굴속에서
백일치성을감내하지못한죄로
너의조상은끝내호랑이로남고말았거니

4
호랑아돌호랑아부동자세돌호랑아
너는무엇을기다리고있느냐
너는아직도천지가진동할괴력의소유자다
힘을굵은앞다리에만싣지말일이다
하기사그건너의얼굴이나마찬가지가장이요
실은땅에주저앉은뒷다리와궁둥이에
응집된힘이더무섭고폭발적이란것을
아는이는알것이다
호랑이의꿈

그것은일순간에모든걸끝내는일
비호가되는일
초차원의섬광이되는일

소낙비 피해 육모정에……

소낙비 피해 육모정에 들어가다
겨우 초등학교 일학년쯤 돼보이는 어린이 하나
어른스럽게 좌정하고 있다 생각에 잠겨 있다
쏟아지는 빗줄기엔 아랑곳 않고
곁의 어른들도 관심 밖의 존재……
애야 너 지금 무슨 생각하느냐?
나는 이렇게 말하고 싶지만
웬일로 입이 열리지 않는구나

그 뒤 까맣게 잊고 지냈는데
오늘 불현듯 생각이 난다
그 아이는 어쩌면 문수동자이었는지도 몰라
사색과 명상이 증발한 시대
이 정신부재의 사이비인간들을 일깨우려는

눈과 아이들

눈이 왔다.
하늘 땅이 새하얗다.
새들은 꼭꼭 어디론가 숨었지만
아이들은 왁자지껄
눈 덮인 집들을 박차고 나왔다.
일제히 나왔다.
눈이 좋아
무작정 좋아
이리 뛰고 저리 뛰며
신이 난 아이들.
눈을 맨 손으로
꼭꼭 뭉치며 서로 던지기다.
서로 맞기다. 기쁘게 맞기다.
아이들은 눈과 살섞고 싶은 거다.
하나되고 싶은 거다.
눈 속을 마구 뒹굴다못해
눈을 먹는다.
눈에 볼 부빈다.
그럴수록 아이들의 온몸은 더워지고
얼굴 가득히 웃음꽃이 피어난다.
와, 와, 소리치는

복사빛 웃음꽃이。
실로 일년만에
눈이 왔다。
만물을 덮었다。
그 가운데 아이들만
신나게 뛰논다。

<해 설>

하늘과 땅에 대한 경외심으로 시를

이 승 하

(시인·중앙대 교수)

　새로운 천년을 맞이하는 해에 나이 일흔을 맞이하는 시인
이 있다. 공자는 이 나이가 되면 '從心所欲하여 不踰矩
하다'고 하였다. 자기 하고 싶은 대로 하여도 규범을 넘지
않게 된다는 것이니, 공자는 사람이 일흔이 되면 '달통'의
경지에 든다고 보았던 모양이다. 공자의 말씀이 아니더라
도 세월의 힘 혹은 연륜이란 무서운 것이다. 사람은 대개 나
이를 허투루 먹지 않는 법인데 하물며 시인임에랴. 1955년
<문학예술>지로 등단한 박희진의 詩歷은 올해로 46년이
된다. 대학시절까지 합치면 반세기 동안 시를 써온 박희진
시인이다. 1983년도에 교사직을 작파하고서 다른 직업 없
이 '가난한 시인의 길'만을 걸어온 투철한 시정신을 생
각하면, 공자가 하신 많은 말씀이 지금까지도 진리로 받아
들여지는 이유를 알 수 있겠다.

　시인이 스물한 번째로 내는 시집의 이름은 '하늘·땅·
사람'이다. 이른바 三才를 제목으로 삼은 이유의 일단을
1999년에 펴낸 시집 <花郞靈歌>에서 찾아보도록 하자. 이
시집의 첫 번째 시 [화랑을 기림]은 이렇게 시작된다.

화랑은 신라의 귀족, 진골(眞骨)의 피에서,
　　　아니, 우리 배달겨레 정통의 피에서
　　　피어난 꽃임. 풍류도(風流道)의 정화임.
화랑은 단순히 겉만 아름다운 미소년이 아님.
　　　천·지·인(天·地·人) 삼재(三才)를 하나로 꿰뚫는
　　　기(氣)의 조화(造化)임.

　화랑→진골의 피→배달겨레 정통의 피→풍류도의 정화
→천·지·인 삼재→기의 조화로 이어지는 화랑에 대한 설
명이 더욱 구체적으로 전개되는 것은 시집 권말에 스스로
써 수록한 해설의 글 [풍류도란 무엇인가]에서이다.

　三才는 서로 밀접 불가분의 영향을 주고받는 관계인 것이
다. 때문에 인간은 自然과의 균형과 조화를 깨지 않는 한도
내에서 지속적 발전을 도모해야 할 것이다. 그 성패는 전적
으로 인간에게 달려 있다. 인간이 인간답지 못하게 되면, 인
간 자신만 타락할 뿐 아니라 자연의 질서도 깨지게 마련이
다. 人性과 自然이 아울러 황폐한데 어디서 풍류를 구할 수
있으리오. 사람이 정말 하늘·땅과 맞먹는 位相을 견지하
며, 三才의 균형과 조화를 이루려면 眞人이 돼야 한다.

　여기서 시인이 말하는 진인이 바로 풍류도인이다. 진인과
화랑과 풍류도인이 다 비슷한 뜻인 셈이다. 잘 모르는 사람

이라면 화랑이니 풍류니 하니까 노인네답게 케케묵은 생각을 하고 있는 시인이라고 치부해버릴지도 모른다. 하지만 전통문화 혹은 '전통적인 것'에 대한 시인의 관심은 어제오늘에 이루어진 것이 아니다. 시인의 대표작 중 하나인 [관세음상에게]는 등단 전인 1954년 2월 22일에 쓴 작품이며, [항아리] [금관] [불상] 등도 50년대에 쓴 작품이다. 즉, 박희진은 등단할 무렵부터 지금까지 줄기차게 한국인의 정체성과 한국 사상사의 기조를 찾는 작업을 해온 것인데, 이번 시집 또한 그 연장선상의 작업 결과물로 여겨진다.

우리 문화에 대한 시인의 정체성 탐구가 처음으로 한 권의 시집으로 결실을 맺은 것은 1997년에 펴낸 시집 「문화재, 아아 우리 문화재!」이다. 시인은 이 시집에서 古刹, 청자와 백자, 옛 그림, 석탑과 석불, 신라정토의 불상 등이 얼마나 아름답고 소중한 것인가를 우리에게 들려준 바 있다. 게다가 1999년에 봇물처럼 펴낸 3권의 시집 「百寺百景」 「花郎靈歌」 「東江 12景」을 보면 시인이 최근에 들어 이런 문제에 대해 엄청난 의욕을 가지고, 더욱 집중적이고도 구체적으로 연구하고 있음을 알 수 있다. 시인은 「花郎靈歌」에서 하늘과 땅과 사람이 균형과 조화를 이루기 위해 신라시대의 화랑처럼 풍류도인이 되어야 함을 역설하였다. 하지만 그때까지의 작업에 만족하지 않고 하늘과 땅과 사람이 '어떻게' 균형과 조화를 이루어야 하는가를 탐색하고자 이번에 또 한 권의 시집을 펴내는 것이리라. 자, 이제

박희진 시인이 어디에 가서 무엇을 보고 어떻게 느꼈는지
살펴볼 때가 되었다.

　시집의 제1부에는 북한산을 기리는 노래가 12편 모여 있
는데, 첫 번째 시 [북한산]은 1행시 29수를 모아놓은 것이
므로 시의 실제 편수는 40에 달한다고 보아야 한다. 시인은
북한산 가까운 곳에서 살면서 계절마다, 아니 달마다, 아니
아침저녁으로 모습을 바꾸는 북한산의 풍경을 그린다. 때
로는 일필휘지 스케치하고, 때로는 담백하게 동양화로 그
리고, 또 때로는 아주 공을 들여 세밀화로 그린다.

　봄의 北漢山은 진달래 사태, 진달래 바다, 紅玉의　華嚴 바다.

　　　　　　　◇

　한 달 장마 개인 여름 아침 북한산은 차라리 神의 얼굴.
　　　　　　　　　　　　　　　　　－[북한산] 부분

北漢山에겐　시시각각으로 변하는 山色 속에
　　　　　변하지 않는
　　　　　일관된 本色이 있음을 봅니다.
　　　　　봄의 연분홍, 여름의 진초록,
　　　　　가을의 홍록에다 겨울의 雪白.
　　　　　그것들이 하나로 꿰뚫릴 때의
　　　　　빛깔을 아십니까.

206

北漢山에겐 현상과 본질이 하나인 것입니다.
北漢山에겐 움직임이 그대로 고요인 것입니다.
北漢山에겐 찰나가 그대로 永劫인 것입니다.
                    ─[새해에 떠오른 북한산 이미지] 부분

이처럼 시인은 북한산의 위용과 아름다움에 대해 최상의
찬사를 바치고 있다. 북한산이 비록 민족의 靈山이라고 할
수 있는 백두산의 위용이나 세계적인 명산인 금강산의 아
름다움에는 미치지 못할지라도 시인은 자신의 마음을 정화
시키고 위안을 주는 북한산에게 한없는 고마움을 느끼면서
기려마지 않는 것이다. 북한산의 나무 한 그루, 풀 한 포기,
꽃 한 송이도 고맙기 짝이 없고, 코끼리바위와 해골바위 같
은 것도 시로 형상화하여 생명을 불어넣어 본다. "너의 그
거대한 偉容에 압도되어/ 나는 지금 절반쯤 넋이 나가 있
다"([北漢山의 해골바위])는 구절은 시인의 북한산 사랑
이 어느 정도인지를 미루어 짐작케 한다. 그렇기 때문에 북
한산을 훼손하는 무리에 대한 반감은 그만큼 더 클 것이다.

피 흐르는 상처에는
치료제를 가장하여
검은 아스팔트 고약을 바르고,
뭇 차량들
그 위를 질주하게,

숨막히는 매연을 뿜으면서
무지막지 질주하게
하려는 자 누구인가?
 ―[道峰山이 우리의 어머니라면 北漢山은 아버지] 부분

  제2부에는 시인을 감동시킨 나무와 산, 바위, 굴, 꽃 외에
까치와 다람쥐까지를 노래한 시 14편이 모여 있다. 시인이
국내 여러 곳을 여행 다니면서 인상 깊었던 것들을 소재로
하여 '땅'의 아름다움을 예찬한 시가 [十長生頌歌] 외 13편
이 아닌가 한다. 시인이 보건대 오염이 덜 되어 자연 그대로
의 아름다움을 그런대로 지닌 곳은 주왕산·인왕산·환선
굴·불암산·내설악 등이다. 한편 인공의 손길이 가미되었
지만 자연 경관을 제대로 잘 살리면서 아름답게 가꾼 곳으
로는 국내 최초의 사설 조각공원인 金丘苑과 양평 대명 콘
도 702호실에서 내다본 '原風景'을 들고 있다. 시인이
'자연의 걸작'들을 보고 받은 감동을 시로 표현하면서
늘 잊지 않고 있는 것은 다름 아닌 사람이다. 대숲에 가서는
"댓잎의 푸르름과/ 대나무의 올곧음과/ 대바람의 淸雅함
과/ 대숲의 幽玄함을" 보고 듣고 배우고 터득하여, "爲無
爲/ 事無事/ 味無味하는 명상법을 익힙시다"(「대숲으로
갑시다」)고 권유한다. 즉, 자연으로부터 사람이 무엇인가
를 배워야 함을 역설하고 있는 것이다. 그런가 하면 그 옛날
땅과 사람의 멋들어진 어우러짐을 다음과 같이 표현하기도

208

한다.

　　그러고 보니
　　자고로 이 땅엔 신선과 도승과
　　학자와 도사들이
　　하늘의 별보다도 많이 있어왔다.
　　江山이 이렇듯
　　더없이 수려하고 오묘한 까닭이리.
　　　　　　　　　　　　　－[周王山] 부분

　시인의 말 그대로 "달과 달맞이꽃 둘이 아니듯 靑山과 이
몸은 둘이 아님" ([李鎬信 화백의 숲을 그리는 마음展 보
고])인 것을. 도시에 살면서도 마음먹기에 따라 사람은 산
과 혼연일체를 이룰 수 있고, 하늘과 땅과 어우러져 살아갈
수 있거늘.
　제3부 13편은 모두 꽃을 소재로 한 작품이다. 뭇 시인들
이 노래한 장미나 수선화가 아니다. 들판 어디에서나 쉽게
볼 수 있는 개망초꽃·호박꽃·채송화·백일홍·봉선화·
분꽃·과꽃·맨드라미·할미꽃 등의 특색을 잘 포착하여
시를 씀으로써 하늘과 땅과 사람과의 관계를 성찰한다.

　　失意에 잠긴 이여
　　걸음을 멈추고

마치 처음 보듯
큰 눈을 뜨고 보라
이렇듯 황홀한 꽃불들이 켜진 것은
굳게 잠긴 가슴의 문이 절로 열리어서
아픈 살 저린 피의 상처가 아물도록
아니 그대 뼛속의 찰거머리 어둠까지
환히 밝히려는 뜻임을 깨닫게나
　　　　　　　－[홍매화 청매화] 부분

　시인은 봄날 활짝 피어난 홍매화 청매화의 아름다움만을
기린 것이 아니라 그 꽃이 산천에 피어난 '뜻'을 생각해
보았다. 매화가 고통을 넘어 환희에 다다르는 엄숙한 뜻을
지니고 피어나는 꽃이라는 다소 평이한 내용이 "그대 뼛속
의 찰거머리 어둠까지／ 환히 밝히려는 뜻"이라는 눈부신
표현으로 말미암아 '시'가 되었다. 옥잠화를 통해 "내 기
억 속의 가시내 향기"를 맡아내는 시인, 저녁 길가에서 진
홍색 분꽃을 만나면 오십 년은 젊어진다는 시인, 닭의장풀
을 달기풀이라 명명해보는 시인, 진보랏빛 과꽃을 넋잃고
보노라면 샤갈의 연인처럼 공중을 날며 진보랏빛 무지개를
그린다는 시인, 바로 박희진이다.
　소나무 찬가를 모은 제4부에는 모두 5편의 시가 있지만
[왜 소나무 문화인가]는 장시이고 나머지 시들도 그리 짧
지가 않아 전체적인 길이가 균형을 맞추고 있다. 시인은 이

미 1995년에 {몰운대의 소나무}라는 시집을 펴내면서 [안면도의 소나무] [대관령 휴양림 소나무들] [몰운대의 소나무] [의림지의 소나무] [법흥사와 소나무들]을 통해 소나무에 대한 하염없는 사랑을 피력한 바 있다. 시인은 어디엘 가서 "두 아름은 되어 뵈는/ 그 구부정한 몸통을 과시하며/ 巨松들은 저마다 용틀임하고 있"([의림지의 소나무])는 것을 보면 시를 쓰지 않고는 못 견딜 만큼 강한 감동을 느끼는가 보다. 몇 편의 시로 소나무를 기리기는 했으나 세월이 몇 년 흐르는 동안 '문화'의 차원에서 다시 논하기로 결심하고 이번 시집에 수록된 시를 쓴 것이리라. [왜 소나무 문화인가]는 모두 10편의 시를 묶은 연작시인데, 왜 시인은 국토 전역에서 가장 흔히 볼 수 있는 나무인 소나무를 이렇게 진심으로 상찬하는 것일까. 소나무는 목재로 쓰일 만큼 아름드리 나무도 아니지만 많은 수익을 가져다주는 유실수도 아닌데.

　　이 나라엔 곳곳에 名山이 널려 있고
　　그 명산 품엔 古刹이 안겨 있고
　　그중에서도 드높은 자리에는
　　山神閣이 있는데
　　그 안엔 반드시 산신탱화 걸려 있고
　　그 탱화 안엔 老松이 있나니,
　　그 아래 기품 있는 노인은 바로

우리의 조상신 단군성조이고
그분을 모시고 있는 호랑이는 神獸이며
老松은 神木이다.

실로 소나무는 나무 중의 靈物이다.
靈性的 감각이 특별히 뛰어났던
겸재나 단원 등이
어찌 소나무를 안 그릴 수 있었으랴.
그들의 소나무는
거의 다 神品이다. 道通해 있다.
도통한 화가만이
도통한 소나무를 그릴 수 있는 법.
　　　　　　　-[왜 소나무 문화인가] 부분

　시인이 소나무를 거듭 기리지 않을 수 없는 이유가 설명되
어 있는 부분이다. 노송은 神木이며 나무 중의 靈物이라 하
였다. 그리고 겸재나 단원이 그린 그림 속의 소나무는 거의
다 神品이며 도통해 있다고 하였다. 시인에게 소나무는 인
격적인 존재를 넘어서 거의 신적인 존재이다.

　소나무와 인간은 둘이 아니란 것,
　인간을 포함한 삼라만상은
　본질에 있어서 한 덩어리라는 것,

212

원융무애의 친화와 조화를
이루어야 마땅함을 깨닫게 된다.
소나무는 인간의 위대한 스승이다.
　　　　　　　　　－[소광리 소나무 숲] 부분

　소나무는 땅에서 자라는 나무로서 하늘과 사람을 이어주
는 메신저의 역할을 하기 때문에 神木이며 靈物이다. 소나
무야말로 신성한 나무(神樹)이며 생명의 나무이고 세계의
축으로서의 나무이다. 동물인 인간과 식물인 소나무는 생
명체로서 이 우주의 일부를 이루고, 더불어 살아가기 때문
에 한 덩어리이다. 시인은 삼라만상이 본질에 있어서는 한
덩어리라는 것을, 그렇기 때문에 圓融無碍의 친화와 조화
를 이루어야 한다고 소나무를 통해 깨달았으므로 인간의
위대한 스승인 것이다. 이런 시를 보면 이번 시집의 제목을
'하늘·땅·사람'으로 붙인 이유가 보다 명확해진다. 소나
무는 또 "이 땅의 원종교 風流道의 상징"([왜 소나무 문화
인가])이다. 이와 아울러 시인이 소나무를 예찬하는 이유
는 소나무로 만든 집은 기둥이 휘거나 금가는 일이 없기 때
문이다. 소나무는 가난한 백성들 보릿고개 넘던 시절에 속
껍질(송기)을 내주어 죽을 끓여 먹게 했고, 송기절편·송
기정과·송기개피떡은 물론 송엽주·송화주·松花蜜水·
松花茶食,　송이산적·송이전골·송이찌개·송이찜·송이
채·송이탕 등을 통해 우리 민중의 술상과 밥상에 늘 더불

213

어 존재했던 상록수였다. 시인은 소나무의 이런 속성 때문에 거듭 예찬하는 것이겠지만 나를 가장 감동시킨 대목은 바로 이것이다.

이 세상 하직할 땐
어디로 갈 것인가.
송판으로 만든 棺 속에 들어가서
靑山에 묻히면 그것이 善終이리.
다만 거기서 한 술을 더 떠
바다가 보이는 솔언덕에 묻힐진대
그보다 더 좋은 복이 있을까나.

박희진 시인은 평생을 독신으로 살아온 것으로 알고 있다. 소나무를 보고 즐거워한 그 마음을 그대로 지닌 채 송판으로 만든 관 속에 들어가서 청산에 묻히되, 바다가 보이는 솔언덕에 묻히는 것을 최상의 복으로 여긴다니 그 절대고독과 단순·소박함이 가슴을 친다.

제5부에서 시인은 북한산처럼 어느 한 지역을 시적 대상으로 설정, 면밀히 관찰하여 그려낸다. 바로 하회 마을이다. 첫 시 [河回 마을에서]는 이 마을의 풍경과 고택, 내력과 민속을 그린 장시이다. 마을 풍경도 그러하지만 전통문화와 풍습을 그대로 간직하고 있는 하회 마을을 박희진 시인이 소상히 그리지 않으면 누가 그린단 말인가. 시인은 여

214

기에 만족하지 않고 전국 각처의 문화유적지 답사에 들어
가 그 장소의 내력과 의미를 시로써 노래한 것이 [屛山書院
晚對樓] [陶山書院] [紹修書院] [茶山艸堂] [淸冷浦] [觀
風軒과 子規樓] 등이다. 제5부의 17편 시 가운데 이 시집
의 주제와 가장 잘 부합되는 시는 [참성단]과 [마니산 참성
단]일 것이다.

　　하지만 명심하세
　　단군 성조께선
　　결코 하늘에만 계신 게 아님을.
　　　하늘·땅·사람 속에
　　두루두루 구석구석 퍼져 계심을.
　　하늘·땅에 대한 외경을 잃을 때
　　사람은 자멸하고 만다는 것을.
　　사람은 부단한 자기혁신 속에서만
　　하늘·땅과 더불어 하나 되는 사랑과
　　자유를 누릴 수 있다는 것을.
　　　　　　　　　　　　　　　－[참성단] 부분

　　나의 뿌리, 당신의 뿌리,
　　우리 배달 겨레의 뿌리,
　　아니 모든 중생의 뿌리,
　　삼라만상의 뿌리는 이렇듯

땅에도 있거니와 하늘에도 있기에
하늘·땅·사람이
기실은 하나임을
깨닫고 믿고 터득하고 있는
우리 환한 배달 겨레 만세.
한국인 만세.

— [마니산 참성단] 부분

우리 민족은 아주 오래 전부터 단군을 시조로 간주하여 신성시해왔다. 「三國遺事」에 따르면 단군은 하느님(환인)의 아들 중 환웅이 태백산 신단수 아래에 하강하여, 곰이 여인으로 화한 웅녀와 혼인하여 낳은 神人이다. 민간신앙에 있어 단군은 開國神으로서, 고대부터 한국인의 정신 속에 뿌리 박혀 있다. 강화도 마니산 정상의 참성단은 단군이 하늘에 제사하던 곳으로, 지금도 해마다 개천절에 이곳에서 단군 제사를 지낸다. 이제 나는 알 것도 같다. 시인은 시를 쓰면서 우리 민족의 뿌리 찾기를 열심히 해온 것을. 하늘·땅·사람이 하나임을 줄기차게 증명해온 것을. 우리가 하늘과 땅에 대한 경외심을 잃지 말아야 하늘과 땅과 더불어 하나 되는 사랑과 자유를 누릴 수 있다는 것이 바로 이 시집의 가장 큰 주제이다.

마지막 제6부의 시 12편은 주로 사람에 대한 인상기이다. 김영랑이나 한용운, 김달진, 김삿갓 같은 시인을 비롯해서

216

달마 선사, 서예가 이노우에 유우이찌(井上有一), 화가 마르크 샤갈 등이 시의 소재가 된다. 보자르 트리오는 "음악으로 엮어 짠 절묘한 寶石"을 보여주며(?), 이대박물관 앞뜰의 돌호랑이는 사람이 되다 만 호랑이의 후예 같다고 생각한다. 이들을 다 포함해 눈 내린 날 뛰노는 아이들까지 시인이 힘주어 예찬하는 이유는 이들이 모두 하늘과 땅 사이에서 참으로 아름다운 것을 만들었고, 아름답게 살다가 간 (혹은 지금 살아 있는), 아름다운 실체이기 때문이다.

박희진 시인은 일흔이라는 나이에 아랑곳하지 않고 앞으로도 지금까지에 못지않게 왕성히 시작활동을 계속할 것이다. 내용의 무게 혹은 주제의 깊이를 문단 29년 후배인 내가 어찌 헤아릴 수 있으랴. 소재는 더욱 다양해져 만산홍엽을, 주제는 더욱 깊어져 심산유곡을 이룰 것이다. 철학과 사상이, 고대사와 문화사가 시인의 시에 용해되어 진경을 이룰 것이다.

시인의 스물한 번째 시집의 해설을 쓰는 영광을 직접 주신데 대해 감사드리며, 시인의 후속 작업에 대해 지대한 관심을 갖고 우러러보고 싶다.

하늘·땅·사람

글쓴이 · 박희진
펴낸이 · 이수용
펴낸곳 · 秀文出版社

2000년 12월 11일 초판 인쇄
2000년 12월 14일 초판 발행

출판등록 1988. 2. 15. 제 7-35호
132-033 서울 도봉구 쌍문3동 103-1
994-2626, 904-4774 Fax 906-0707
e-mail smmount@chollian.net

ⓒ 2000, 박희진

* 잘못된 책은 바꾸어 드립니다.

ISBN 89-7301-907-4 04810